謀

天下御免の信十郎5

幡　大介

時代
小説

二見時代小説文庫

目次

神算鬼謀——天下御免の信十郎5

第一章　神《かみ》舞《まい》

一

元和九年（一六二三）。

七月二十七日、徳川家光《とくがわいえみつ》は征夷大将軍を襲職した。『生まれながらの将軍』の誕生である。

八月六日、答礼のため御所に参内《さんだい》、後水尾《ごみずのお》帝に拝謁する。

ともに上洛した諸大名が余さず供奉《ぐぶ》する大行列で、行列に収まりきれない小身の大名たちは、先に御所へ赴《おもむ》いて門前で家光を待っていた——という。

大名を使い走りのように先駆けさせる家光の威勢には、皮肉屋の朝廷人たちも目を丸くして言葉を失った。

帝《みかど》との面談のあと家光は、帝の后《きさき》となった妹、徳川和子《まさこ》と対面、わずかのあいだ、歓談した。

御所を辞した家光は、ふたたび諸大名を引き連れて二条城に赴き、大御所となった父、秀忠《ひでただ》に挨拶した。

今回の上洛では、伏見城が家光の御座所として使われ、二条城が秀忠の御座所として使われている。

朝廷から二条城へは、早くも慰労の勅使が送られてきていた。秀忠は、新将軍家光と勅使を迎えて、三献の祝宴を開いた。

武家の祝宴には能の演目がつきものである。能は単なる芝居や舞踊ではない。悪神を祓《はら》い、善神を招《よ》く呪《まじな》いだ。

三代将軍様御代始めの祝宴で、徳川家の弥栄《いやさか》を言祝《ことほ》ぐ舞台である。

その舞台を任されたのは、観阿弥《かんあみ》・世阿弥《ぜあみ》父子以来の伝統ある大和申樂《さるがく》四座でも、朝廷に仕える申樂師でもなかった。徳川家に仕える新進の能楽師、喜多七太夫《きたななだゆう》であった。

諸人は驚きをもってこの大抜擢を受けとめた。

古い時代が守り伝えてきた伝統は無視され、新しい伝統と格式が徳川の手によって作られる。

喜多七太夫の任用は、徳川による一種の政治所信表明であったのかもしれない。

――八月五日。話は二条城祝宴の前夜に遡《さかのぼ》る。

大役を任された七太夫は、京都所司代、板倉周防守重宗《いたくらすおうのかみしげむね》の屋敷に投宿していた。

所司代屋敷は二条城に隣接している。公邸であり役所でもある。京畿の貴人を迎えて陳情を承《うけたまわ》ったり、談判したりする場所なので、当代一流の贅《ぜい》を尽くした造作であった。

最上級の能舞台も常設されている。何が最上級なのかと言えば、それは床板だ。選び抜かれたヒノキ材を木場の水に浸け、脂《あぶら》抜きに七年、その後の乾燥に十二年をかけた逸品である。

所司代屋敷の起工は、ちょうど家康が天下を取った頃にあたる。いかに吝嗇《りんしょく》な家康だとて、工賃は惜しまなかったに違いない。

深夜。七太夫はたった一人で舞台に立ち、朗々と謡《うた》い、泰然と舞った。

庭の篝《かがり》火が火の粉を噴き上げている。七太夫の顔に掛けられた能面を妖しく照らし出していた。

能楽というのは、きわめて不思議な『音楽舞踊』である。

曲や脚本が不思議なのではない。演奏形態が不思議なのだ。

太鼓や鐘、地謡《じうたい》、能楽師など、それぞれのパートが集まって合奏、合唱、演舞しているように見えるのだが、楽人と申楽師が集まっての『合わせ稽古』というものは一切やらない。

それぞれの家元で、それぞれに孤独に稽古をし、いざ本番の日にいきなり集まって舞台に上がり、それぞれが身につけた拍子で演奏したり、謡ったり、踊ったりすると、ちゃんと一曲の能楽になるのである。

西洋音楽では考えられないことだ。

ボーカルやドラマーやギタリストやベーシストが、それぞれの家で勝手に練習して、ステージに上がっていきなり合奏できるだろうか。クラシック音楽もまた然《しか》り、である。合わせ稽古もやらずにオペラが演奏できるとは思えない。

そんな異常なことを、平然とやってしまっているのが能なのだ。

戦時中、ある楽器の演奏家が田舎に疎開《そかい》し、そのままその地に住み着いたことがあった。その演奏家は、家に相伝の演奏法を我が子に伝えた。その子供は、父親から口伝えに曲目を教えられ、自分の家が担当する楽器の演奏法を身につけたが、都会に在住の邦楽演奏家たちとは一切接触していない。

この若者の存在を知った邦楽研究者たちは色めきたった。「邦楽は合わせ稽古をしないにもかかわらず合奏を成す」という伝説が、はたして本当に事実なのかどうかを確かめる絶好の機会である、と気づいたのだ。

若者は東京に呼び寄せられて、能楽堂の舞台に上げられた。

しかして、結果はどうだったのか、というと――。

演奏を始めるやいなや、寸分も狂《たが》わずに他の演奏家たちと調和して、曲を成してしまったのである。

曲調、拍子、緩急など、すべては演奏家一人一人の身体に染みついている。指揮者はいない。

それぞれ勝手に演奏・演舞している者同士が集まって、ひとつの曲を作り上げる。

我々は『能は幽玄』などと軽々しく口にしているが、それはたしかに、想像以上に、妖しいまでに、幽玄なのだ。

七太夫も一人、静かに舞い、足拍子を踏み、謡う。

喜多七太夫は、七歳のときに豊臣秀吉《とよとみひでよし》の前でシテ（主役）を務め、あまりの見事さに感じ入った秀吉から『太夫』の称号を賜った。

太夫は一人前の役者しか名乗れない。七つの子供なので七太夫である。

つまり七太夫は七歳にして、能楽の演目を寸分狂わずに踊れた、ということだ。ただ単に舞が上手だったわけではない。演目ひとつで役者が成すべきことを、すべて身に着けており、しかも拍子を外すことがなかったのである。

神童とは、七太夫をこそ申すべき。——激賞した秀吉の気持ちがなんとなく、理解できる。

「むぅ……」

七太夫は、ふと、舞を納めて立ち尽くした。能面の下から悩ましげなうめき声が漏れた。

——今宵はどうにも気が乗らぬ……。

世阿弥曰《いわ》く、能には、男時《おどき》と女時《めどき》がある――という。

男時とは、心身ともに乗りきって、やすやすと演目をこなせる時。

女時とはその逆で、どうにも気持ちが乗らず、身体の動きも乱れがち、何もかもがうまくいかない時。

時代が時代なので、性差別表現には目をつぶるとして。

能楽の大成者にして、この道の頂点に君臨していた名人上手の世阿弥でさえ、「今日はなんとなく、やる気が出ないなぁ」という日があった、ということらしい。

こんな日に復習いをしても調子が狂うばかりである。

「調子が狂う」などと我々は実に軽々に口にするが、語源となった邦楽演奏家や能役者にとってはどれほど致命的なことか。想像にかたくない。

七太夫は舞台の真ん中で厳《おごそ》かに面を外した。

素顔は平凡な、どこにでもいそうな中年男の面貌である。名人らしい凄味や気迫はまったく感じられない。これといった特徴がまったくない。すべてが中庸なのだ。ある意味、希有《けう》な顔つきであるとも言える。

七太夫は面を手にしたまま、しばし無言で立ち尽くした。

七太夫は、自分の不調の原因を完全に理解している。

名古屋城本丸御殿で、京の陰陽師《おんみようじ》と戦った夜以来、七太夫の心の中に、あの若者の面影が染みついて離れないのだ。

「あの御仁《ごじん》……」

波芝信十郎《なみしばしんじゆうろう》と名乗っている。まるで天狗のような若者だ。どこからともなく飛んできて、目を剝くような活躍を見せ、どこへともなく消えていく。

「加藤清正《かとうきよまさ》公の猶子《ゆうし》(養子)……」

それだけでも驚くべきことなのだが、真実はもっと奇怪である。

「故太閤殿下が残されたお子……」

七太夫は七歳にして秀吉の側近に取り立てられた子供だった。この、子供である、ということが善くも悪くも作用して、豊臣家の内情の、かなり隠微な部分まで見聞きした。

大人たちは『子供の前だから』と油断して、固く秘すべき事情まで漏らす。七太夫の知能は大人顔負けである、という事実をうっかり失念してしまうのだ。

――あの御方こそが、あのころ大坂城内でさんざん噂されていた隠し子なのだ……。

加藤清正に護られ、それはすなわち、北の政所《まんどころ》・おね様に護られて、ということだ、淀君《よどぎみ》様や石田治部少輔《いしだじぶしようゆう》が放った暗殺者を退けたのであろう。

——あの御方とは、六年前、初めて出会った……。

神童七太夫をして驚嘆せしめた、もう一人の神童。その邂逅《かいこう》はあまりにも劇的であった。

——あの御方と、ふたたび相まみえる日が来ようとは……。

七太夫は暗然として唸り声を漏らした。

いったい、なんのために現われたのか。将軍家御代始めのこの時期に。

家光の将軍就任にあたっては、京の朝廷はもちろんのこと、外様大名、徳川家の親藩、そして将軍家内部の旗本たちまでが動揺し、さまざまな動きを見せている。羨望あり、憤懣あり、この期に乗じて栄達を目論《もくろ》む者あり、あるいは失墜していく者ありで、実に騒々しい。

そんなところへ信十郎が乗り込んできた。

——あの若者は、ただの若者などではない。

秀吉に隠し子がいた、と知れたときの、大坂城内の騒動を思い出す。

秀吉の政権を支えた俊英や英雄たちが、目を剝いて、口から泡を飛ばして慌てふためいていた。

信十郎とはそれほどの男である。日本一巨大な焙烙玉《ほうろくだま》（爆弾）なのだ。

「ムムッ……?」

そこまで想起して、七太夫は、とんでもない事実に気づいて狼狽した。

――肥後加藤家に連なる、ということは、すなわち、紀伊中納言頼宣様《きいちゅうなごんよりのぶ》と繋《つな》がっている、ということではないか!

これはまずい、実にまずい、と直感した。

信十郎と頼宣が手を結んだとき、いったいどれほどの騒動が惹起《じゃっき》されることであろうか。

――徳川幕府は……、否、この日本国は、あの二人の小僧どもの手によって吹き飛ばされるかもしれぬ。

――やはり、あの姫は、あのとき、殺しておくべきであったのか……!

さすがは家康公。公のご懸念は的を射ていたのだ。それも正鵠《せいこく》(的の中心の黒点)を。

さまざまな思いが交錯し、七太夫は激しく混乱した。

これから何を成すべきか、最初に戻って、考え直さねばならぬ。

七太夫の想念は、七年前の、嵐の夜に飛んだ。

二

元和二年（一六一六）、四月。

駿府《すんぷ》城、本丸御殿、奥ノ御座所。

締めきられた室内に異臭が充満している。床を背景にした最上段、二重折上格天井《にじゅうおりあげごうてんじょう》の下に、白絹の夜具が敷きのべられていた。

掛け布が人の形に盛り上がっている。異臭は、その盛り上がりから立ちのぼってくるようだ。

ビシャリ、と雷が鳴った。一瞬眩しく障子が光る。つづいて激しい雨が降り注いできた。

七太夫は遙かに距離を隔てた下ノ間に無言で座っている。家康に呼びつけられたのが一昨日の午後。それ以来ずっとこうして端座して、お言葉がかけられるのを待っているのだが、家康は昏々と眠りつづけて目を覚まさない。

雷がまた鳴った。

ザァザァと凄まじい雨粒が屋根瓦を叩く。

御座所の欄間には見事な彫刻がびっしりと施されている。金箔の押された鳳凰が、雷光を浴びて輝いた。

一瞬、気を取られた七太夫が、ふたたび正面に顔を戻したとき、

「あっ」

七太夫は瞠目した。いつの間にか目を覚ましていた家康が、上半身を起こし、こちらをじっと見据えていたのだ。

「七太夫……。まいったか」

七太夫は「ハッ」と平伏した。

「喜多七太夫、ご下命により推参つかまつりました」

「うむ。……近う寄れ。声が遠い」

聞き取りづらいのは家康の声音《こわね》のほうであり、また聞き取れないのは耳が遠くなったせいでもあろう。家康は驚くほどに老け込んでいる。先月、太政大臣に任官された頃は血色もよく、壮年の近臣たちより足腰も丈夫で、元気に鷹狩りに興じていたというのに。

身体を起こしているだけでも辛いのだろう。家康はふたたび身を横たえると、長々と息を吐いた。

七太夫が膝行《しっこう》し、二ノ間に平伏すると、家康は苛立たしげに枕元の畳を叩いた。

「ここまで来い」ということらしい。七太夫は畏《おそ》れかしこみながら御簾《みす》をくぐり、一段高い上座に昇った。

枕元に膝を揃える。真上から家康を見下ろす格好となった。

――ムッ、これは……。

家康の顔貌を間近に見て、七太夫の眉間がピクッと震えた。

明らかな死相が浮かんでいる。さらに皮膚には紫色の発疹まで浮かんでいた。

――毒を飲まされたのではないか。

そう直感した。

家康の病状は、『鯛の油揚げを食べすぎたことによる食中《しょくあた》り』ということになっている。

魚肉を油で揚げる調理法は南蛮人から日本に伝えられた。いわゆる天麩羅《てんぷら》であるが、この頃天麩羅と呼んでいたかどうかは定かではない。

家康は老人のくせに、脂っこいものが大好きな健啖家である。自分の年齢も考慮せず、ついつい食が進みすぎてしまった。

と、いうのだが。

──違う！　これは断じて、食傷などではない！

七太夫は愕然とした。怖気《おぞけ》が背筋を走る。

一方。おのれの死期を悟っているのか、いないのか、家康は仄《ほの》かに微笑んだ。

「七太夫よ、頼みがある」

七太夫は「ハッ」と低頭する。おそらくこれが、家康より下される最後の命《めい》となるのであろう。そう思うと、胸に熱いものがこみあげてきた。

「なんなりと、お指図くださいませ」

「うむ。頼宣のことじゃ。来年、肥後加藤家より、清正の娘、あま姫が嫁にまいる」

「ハッ、ご祝着至極にございまする。七太夫、心底よりお喜び申し上げます」

「たわけが」

家康は一言で吐き捨てた。

「なにが祝着なものか」

それからギロリと七太夫を睨みつけた。この病人のどこにこれほどの胆力が、と、驚くほどの眼力だ。

家康は、壮絶な眼差しで七太夫を凝視して、言い放った。

「あま姫を殺せ」

七大夫は、我が身を雷で打たれたように感じ、いっとき、家康の正気を疑った。

頼宣は家康の十番めの男子である。

慶長七年（一六〇二）三月七日生まれ。母は正木頼忠《まさきよりただ》の女《むすめ》、お万《まん》の方。

家康が生涯で最も愛した息子だとされている。その傍証に家康は、おのれが治める大御所領、駿河五十万石と駿府城を与えた。

この頃の徳川幕府は、駿府の大御所政権と、江戸の将軍、秀忠政権との二重構造である。

頼宣は、駿府の政権を家康より譲られた、もう一人の後継者であった。家康にその気があったかどうかは別として、衆目はそのように認めていたのだ。

冷静で思慮深いはずの家康が、我が子可愛さに目が曇ったのか、ありうべからざる厚遇を頼宣は授かった。

家康は頼宣の配偶者として、加藤清正の娘を選んだ。

まだ大坂に秀頼《ひでより》が健在で、徳川家と天下の覇権を競っていた頃の話だ。

いうまでもなく清正は豊臣恩顧大名の最右翼で、大坂の秀頼に忠節を誓っていた。

家康にとってはたいへんに煙たく、また、恐ろしい政敵であった。

関ヶ原合戦には勝利したものの、いまだ権力基盤の固まらぬ家康は、あえて強敵の清正を味方につけようと謀ったのだ。

清正のほうも、豊臣家存続のためには家康の助力が欠かせぬと考え、進んで家康の縁者になることにした。自分が仲立ちとなることで、豊臣家と徳川家の不仲を解消させようという腹づもりだったのかもしれない。

かくして、頼宣とあま姫の婚約が取り交わされた。いうまでもなく、政略結婚である。

しかし慶長十六年（一六一一）六月、清正は娘の成婚を見ずしてこの世を去る。二条城における秀頼・家康の対面を成功させた直後であった。

清正を失った豊臣家は迷走を繰り返し、ついには東西手切れとなり、二度の合戦を経て家康に攻め滅ぼされた。

清正が死に、豊臣家が滅びたことで、頼宣とあま姫との結婚には、ほとんど政略の意味がなくなった。

それでも肥後加藤家は、清正の嫡子、忠広《ただひろ》が五十二万石の大封を領して盤踞している。五十二万石の兵力と、清正が鍛えた侍大将衆の実力は侮《あなど》れない。

さらに言えば、豊臣家を攻め滅ぼした直後に、手のひらを返して破談にするのも外聞が悪い。

かくして、頼宣とあま姫との結婚は予定どおりに進められることとなった。

家康はそのあま姫を殺せ、という。しかも喜多七太夫に命じてきた。

七太夫は俄《にわか》に混乱した。

「なにゆえにございましょうか」

無礼を承知で問い返した。もしかしたら家康は、耄碌《もうろく》したか、あるいは毒が脳に回って意識を混濁させているのではないか、と疑ったのだ。

七太夫は徳川譜代の家臣ではない。家康に仕えるようになってまだ日も浅く、それ以前は豊臣家の家臣だった。家康も豊臣家の大老だったのだから、ある意味で同僚である。

徳川家の家臣であれば、けっして問い返せないことを、あえて訊《たず》ねた。

家康は、咽《のど》の奥で痰の絡んだような声を出した。

「それは、なにゆえ加藤家の姫を殺さねばならぬのか、という問いか。それとも、なにゆえ自分が刺客にならねばならぬのか、という問いか」

「そ、それがしは一介の能役者……。このような大事を謀るに足る者ではございませぬ」

「笑わせるな」

と言って、家康は実際に笑った。

「このわしが何も知らぬと思うたか。七太夫、家康を甘く見るでないぞ」

七太夫の額に汗が滲んだ。家康はいったい、どこまで自分の秘事を摑んでいるのであろうか。

家康は、底意地の悪そうな笑みを浮かべて、七太夫を見つめている。

「わしがそなたを救ったのは、そなたの裏の顔を知っておったればこそじゃぞ」

七太夫は大坂ノ陣の際、豊臣方に味方して大坂城に籠もった。大坂が滅亡してのちは落武者として身を隠し、塗炭《とたん》の苦しみを味わった。

その七太夫を赦免し、のみならず徳川家お抱え能楽師として重用したのが家康である。七太夫にとって家康は命の恩人であると同時に、今の生活を保証してくれる主君だ。主命に背《そむ》けば、元の落武者に戻される。しかも、このような秘事を打ち明けられた直後だ。必ずや命を奪われるであろう。

「しかし大御所様。いかに清正公が豊臣恩顧の大名とはいえ、その姫を殺すとは、いささかやりすぎの感がございまする」

「あの姫は、駄目だ」

「それはまたなにゆえにございましょう」

「わしがその理由を言わねば、わしの命には従えぬと申すか」

「いえ、けっしてそのような――」

「よかろう、話してつかわす」

家康は目を閉じた。そして、明瞭な口調で、

「わしは南朝が、菊池《きくち》が恐い。……それゆえじゃ」と言った。

七太夫は瞠目した。

「清正公の姫君は、肥後菊池一族の血を引く姫にございまするか」

「左様じゃ。そんな娘を頼宣の嫁にすることはできぬ……。このままではわしが作った徳川家は、南朝に乗っ取られてしまう……」

「南朝に！」

鎌倉幕府の滅亡から室町幕府の初頭にかけて、日本国は大混乱に陥っていた。日本の中心となるべき皇室が、南朝と北朝に分裂していたことが原因だ。

結局のところ、北朝を担いだ足利家とその与党たちが勝利を収め、南朝と配下の武装勢力を京より追い払った。皇統は北朝に統一されたのである。

が、しかし。

南朝は、滅亡したわけではなかった。

足利八代将軍義政《よしまさ》の代に応仁ノ乱が勃発するが、西軍方の大将、山名宗全《やまなそうぜん》は、南朝の皇胤を見つけ出してきて大将に据えた。西陣南帝である。

室町幕府の武士に追われて僻地に逃げ込んだ南朝とその与党は、しぶとく生き延びて特異な集団を形成させていたのだ。ある者は山ノ民となり、ある者は海賊となり、ある者は忍者となり、あるいは商人、夜盗などになった。

家康は苦しい息を絞って語りつづけた。

「あのような者どもに、好き勝手をさせてはならぬ……。この日の本は、武士の手によって治められるべきなのじゃ……」

――しかし。と、七太夫は思った。

もともと徳川家は南朝の忠臣、新田義貞《にったよしさだ》の連枝である。遠江（静岡県西部）に南朝の皇子、宗良《むねよし》親王が漂着された際にも、押っ取り刀で駆けつけて御前を固め、北朝方の武士と戦い、親王を守護した。

ゆえに、徳川家と南朝との縁は深い。

家康の側室で、実質的に正室として振る舞っている西郷局《さいごうのつぼね》（のちの宝台院《ほうだいいん》）も菊池一族で、かつ、南朝方の服部《はっとり》一族に扶育された女だ。

ほかにも、徳川四天王の一人、井伊直政《いいなおまさ》や、将軍家剣術指南役の柳生《やぎゅう》家なども南朝方の武家なのである。伊賀者の頭領・服部半蔵《はんぞう》や、金山奉行・大久保長安《おおくぼながやす》など、南朝系の忍者や山ノ民の力を借りて、天下を取ったのが家康ではないか。

「それゆえじゃ……。わしはあの者どもの恐ろしさをよく知っておる。そして、あの者どもがけっして里ノ民に心を許さぬことをもな……」

家康は自嘲的に笑った。

「し、しかし。なにゆえそれがしにかようなご下命を……。このような一大事は、お旗本の忍び衆にお命じくださったほうが、お心丈夫かと愚考つかまつります」

家康の配下には伊賀者、甲賀組など、手練《てだれ》の忍びが揃っている。

「それはならぬ」

家康は一言で遮《さえぎ》った。

「あの者どもも、元はといえば南朝方よ。肥後の菊池一族は南朝の巨魁じゃ。伊賀者も甲賀者も、南朝を敵に回すにかぎっては、わしの命には従うまい。……見てみぃ、今のこの様《ざま》を。ついに毒を飼われてしもぅたわ。武士や百姓であれば、主君と頼んだ相手に毒を飲ますことなどありえぬ……。見よ、これがあの者どもの本性なのじゃ……」

「大御所様！」

「頼んだぞ、七太夫」

家康はそう言い残して瞼を閉じた。ふたたび深い昏睡状態に陥る。

七太夫は深々と拝して、座敷を離れた。

三

それから数日して家康は死んだ。

あま姫暗殺は遺命となった。もはや誰にも取り消すことはできない。

あま姫の輿入れは一年後に予定されている。新郎の父・家康も、新婦の父・清正もすでにこの世の人ではない。それでも両家の縁組は、死んだ二人の英雄の取り決めどおりに進められた。

御婚儀の準備を横目に見ながら、七太夫もまた、暗殺の準備を眈々《たんたん》と進めた。

腹心の楽人たちを呼び集める。彼らは普段、それぞれ得意の楽器を手にして日本じゅうを巡っている。村々で冠婚葬祭が発生すると、いずこからともなく聞きつけ、駆けつけてきて、場を盛り上げるのが仕事だ。

典型的な道々外生人《みちみちげしょうにん》である。『七道の者』という差別語で呼ばれていたこともある。南北朝時代から戦国時代にかけての道々外生人たちは、間諜としての役割をも果たしていた。忍者の修行などしなくても、日本じゅうを巡り、各地の豪族や大名の屋敷に出入りしていれば自然と情報通になる。酒宴の席で酔った武士たちの語らいに耳を傾けていれば、労せずして機密情報を入手することもできたのだ。

彼ら、音楽家の仮面をかけた忍者たちを七太夫は招集した。

水干直垂《すいかんひたたれ》に烏帽子《えぼし》姿の楽人たちが座敷に座っている。皆々柔和な顔つきである。とてものこと、手練の忍びとは思えない優美な物腰であった。

「仕事や」

七太夫は一同をゆったりと見渡してから告げた。

「表か、裏か」

楽人の一人が訊ねた。表とは奏楽の仕事、裏とは忍び働きのことである。

七太夫は腹の底を隠して満面に笑みを浮かべさせた。

「表や。それもとびきりに大きな仕事やで。駿河の若殿様の御婚儀で、高砂《たかさご》を舞うんや」

高砂とは言わずと知れた「たかさごや〜」である。婚礼を言祝ぐ能だ。

謡曲『高砂』は、古くは『相生《あいおい》の松』と呼ばれた。

播州（兵庫県）高砂の松と、摂津（大阪）住之江《すみのえ》の松とが相生（夫婦松）だという神秘を主題としていることから、夫婦和合を招く演目とされている。ちなみに、高砂ノ松は妻のほうである。住之江ノ松が夫だ。

……なにやらよくわからぬが、わかりにくいところがありがたさなのであろう。

結婚式にはなくてはならぬ演目だった。能役者を招くことのできない貧しい庶民は仕方がないので自分で謡った。仲人が謡う光景は今でもそこそこ目にするが、本来は能役者に謡わせて舞わせるものであったのだ。

ちなみにこの謡曲、序ノ段、破ノ前段、破ノ中段、破ノ後段、急ノ段の五段構成で、けっこう長い。

楽人たちが「おおっ」とどよめいた。

「これは名誉なことや」

「腕が鳴るで」

「将軍家のお抱えになったあとも友誼《ゆうぎ》を忘れず、わしらのような者を呼んでくださるとは。七太夫様には頭が上がらぬわい」

七太夫は微笑みで会釈を返しつつ、心の中で皆に詫びた。

七太夫はまさに、その高砂の最中に、あま姫を仕留めるつもりでいたのである。


元和三年、正月二十二日。

徳川頼宣とあま姫の婚儀は、世人を瞠目させるほどの華々しさで挙行された。

肥後加藤家五十二万石の財政を傾けさせるほどに贅が尽くされている。生前の清正が自ら指図《さしず》、吟味して作らせた嫁入り道具の数々が、長大な列を作って駿府に入城した。

この年、頼宣は十四歳である。家康の遺領を継ぐ者としてはあまりにも若い。

七太夫は駿府城の大天守を見上げた。

――大御所様は、頼宣様の若さを案じられたのであろうか……。

若い頼宣が肥後加藤家と菊池一族に操られ、駿河五十万石を好き勝手にされるようなことにでもなれば、たしかに天下は覆りかねない。

婚礼は滞りなく行われ、いよいよ酒宴となった。

結婚式は必ず夜に行われる。煌々と焚かれた篝火《かがりび》が新婦の白無垢を鮮やかに照らし出していた。

宴は静粛に進む。いよいよ高砂だ。

駿府城本丸御殿の能舞台。七太夫は鏡ノ間に腰を下ろし、静かにその時を待っていた。

すでに演目は始まっている。舞台に上がっているのはワキ（脇役）とワキヅレ（脇役その二）である。

ワキヅレが『次第（今、何をしている場面なのか）』を語り、つづいてワキが『名乗（自己紹介）』をあげる。

ワキは阿蘇の宮の神主で名は友成、ワキヅレはその従者。都見物に赴く途上、播磨の浜辺に立ち寄った、という次第。

つづいて『道行（場所の説明と移動）』である。

「旅衣、末はるばるの都路を、」

ワキヅレが朗々と謡う。

「さしも想いし播磨潟、高砂の浦に着きにけり。」

故郷を出立して播磨に着いた。長々と旅の行程を謡い終えたところで、いよいよ七太夫の出番だ。シテ（主役）は老人、その実体は松の精、神である。

「高砂の、松の春風吹き暮れて、尾上の鐘も響くなり。」

破ノ前段、真ノ一聲《いっせい》とともに登場する。まさに、尾上の鐘もかくやと思える歌声が響きわたった。

七太夫は、もはや、心身ともに松の精に成りきっている。いっとき、暗殺の使命を放念した。また、そうでなければこの暗殺は成功しない。

——人が手を下すのではない。神が神罰を下すのだ……。

そうであるから、ますますもって入神《にゅうしん》せねばならない。我が身に本物の神を下ろす。そのつもりで舞い、謡った。

シテ「光やわらぐ春の海の、」
ワキ「かしこは住之江、」
シテ「ここは高砂。」
ワキ「松も色添い、」
シテ「春も、」

ワキ「のどかに。」

地謡が一斉に合唱する。

「四海波静かにて、国も治まる時ツ風、枝を鳴らさぬ御世なれや。」

まさに。四方の海は波も穏やか、国は統治され、木の枝を鳴らすほどの風も吹かない。――これこそが、今の世に求められている理想である。大坂の豊臣家は攻め滅ぼされ、四海（天下）は徳川家によって統一された。元和偃《げんなえん》武《ぶ》を掲げた徳川の政権は、平和を求める人々によって支持されている。

その、徳川の治世を乱しかねない者が、あそこに座っている。むろん、本人にはなんの罪もない。ただの無邪気な少女であろう。しかし、国家の安寧、民草の暮らしを守るためならば、死んでもらわねばならぬ。一人の命と引き換えに、元和の偃武を永続させる。七太夫もこの時代の人間である。一人の人命よりも大切なものがあることを知っている。

舞台は第二場に入った。ワキヅレが出てきて謡いはじめる。西洋劇でいえば、一旦下がったカーテンがふたたび上がって、芝居が再開された、というところだ。

「高砂や、この浦船に帆をあげて、」

この有名な一節を謡うのは『脇役その二』なのであった。

第二場は急ノ段である。いよいよ神の本性を顕現させた後シテ（後段の主役。演じるのはシテと同じ役者）が、地謡の合唱の中、舞い謡う。

地謡「西の海、あおきが原の波間より、」
シテ「現われ出《い》でし神松《かみまつ》の、」

ひとしきり掛け合ったあとで、七太夫は『神舞《かみまい》』に入った。

神舞は能楽師にとって最大の見せ場である。七太夫は当代一流の名人だ。まさに神そのものの姿、駿府城本丸に神が舞い降りたかのごとき光景であった。

神舞の際、能楽師は入神する。同時に、観客をも入神させる。観客たちは我を忘れて神の姿に没入する。

海千山千の幕閣や武将たちをも没我の精神状態にさせてしまうのだ。思春期の少女の心をつかまえることなど造作もなかった。

七太夫の舞につれて、あま姫の身体が左右に揺れはじめた。そのありさまをしかと見届けたあとで、七太夫は、徐々に拍子を乱していった。

本来、拍子を乱さぬはずの楽人や地謡まで、名人・七太夫の動きに釣られて、わずかずつ、気づかぬうちに拍子を乱していく。曲調が乱れて、不気味な不調和が生まれはじめた。

音楽というものは洋の東西を問わず、人間の鼓動のリズムをもとに作られている。癒しの音楽では、人間がゆったりした気分のときの鼓動のリズムを取り、勇壮な音楽では、人間が発奮しているときの鼓動と同じリズムを取る。

七太夫の神舞が刻むリズムは、人間が宗教的エクスタシーに達しているときのものだ。

そして、さらにリズムを昂《たか》ぶらせていく。

宗教的エクスタシーの行き着く先にあるものは『死』だ。入神状態とは臨死体験のことである。

七太夫の舞はあま姫の心を捉えている。そして急速に、死の世界へと引きずり込んでいく。

かつて数多くの宗教家が法悦の果てに死を迎えた。あるいは死を瞥見《べっけん》した。神の世界の愉悦は、人の肉体に耐えられるものではない。

七太夫の舞は、まさにその神域に踏み込もうとしている。あま姫の身体が大きく揺れる。七太夫の動きに同調し、この世とあの世の境へ陥ろうとしていた。

と、そのとき。

ポーンと、長閑《のどか》な鼓の音がした。

鼓の音は、一定の拍子で叩かれつづける。それはあまりにも調子外れに思えた。

七太夫はハッとした。

何者かが、七太夫の作り上げた神域を踏み破ろうとしている。

囃《はや》し方の楽人たちが、突然、目が覚めたかのような顔つきをした。自分たちの調子が大きく外れていることに気づいたのだ。

どこからともなく聞こえてくる鼓の音は、高砂の正しい拍子を刻んでいる。一方、楽人たちは、七太夫の舞いに釣られて、音律を大きく踏み外していた。

楽人たちは『なぜこんなことになっているのか』と、愕然とした表情を浮かべたが、即座に曲調を正しい拍子に戻した。否応なしに七太夫の舞も、本来あるべき、ただの神舞に戻ってしまった。

七太夫の呪術は破れた。

千秋楽（終曲）が奏でられる。地謡が揚々と謡いはじめた。

「千秋楽は民を撫で、萬歳楽には命を延ぶ。相生の松風、颯颯《サツサツ》の聲ぞ楽しむ。」

留拍子が入り、舞楽は終わった。

七太夫は橋懸《はしがかり》を退場していく。あま姫は、いまだ法悦の覚めやらぬ表情で、うっとりと舞台を見つめていた。

四

七太夫は一人、箱根の坂を登っていた。

楽人たちとは駿府で別れた。たった一人で江戸をめざして歩いている。

――菊池一族の実力を甘く見ていた……。

あま姫には当然、菊池の手練が守護につけられていたのであろう。七太夫の策謀を見抜いて破るのは造作もないことであったのだ。

とにもかくにも暗殺は失敗した。当然、報復が予想された。

何も知らぬ仲間たちを巻き込むわけにはいかない。彼らは上方《かみがた》に追い返し、七太夫は一人、江戸に向かっている。

七太夫とて道々外生人の一人である。大坂落城の際には業火の中を脱出し、東軍二十万の陣を突破した。その後は落武者狩りから難なく逃れて生き長らえた。並の忍びでは太刀打ちできぬほどの脚力と遁甲術を身につけている。

だが、その七太夫をもってしても、はたして無事に江戸まで帰りつけるかどうか自信がない。肥後菊池とはそれほどまでに恐ろしい、南朝系道々外生人の覇王であった。

箱根の山道。東海道はこの当時から日本の物流の中心であったが、さすがに深夜に踏破しようとする者はいない。箱根名物の山賊や雲助も、静かな眠りに就いている時刻だ。

昼なお暗い――と形容される山道である。夜であるからなおさら暗い。太陰暦の二十二日、月は半月をすこし欠けた程度。杉木立を縫ってわずかに月光が射し込まれている。

何者だろうか、あとをつけてくる者がいた。さしもの七太夫でさえ、一瞬、獣かと聞き違えたほどに密やかな足どりだった。

――来たな……。

もはや逃れられぬところと覚悟した。逃れられないなら立ち向かうしかない。七太夫は腰に下げた太刀を抜いた。

剣術と能には不思議な関係がある。能楽の大成者の観阿弥は、大和国の武士、服部清次《きよつぐ》でもあり、清次は楠木正成《くすのきまさしげ》の甥でもあった。

その楠正成を後醍醐《ごだいご》天皇に推挙したのが、柳生家の先祖、柳生永珍《ながよし》である。

柳生宗矩《むねのり》の父にして、新陰流第二世（二代目宗家）の石舟斎《せきしゆうさい》は、大和四座のひとつ、金春《こんぱる》座の座頭《ざがしら》・七郎氏勝《しちろううじかつ》から能を学び、氏勝は石舟斎に剣を学んだ。それぞれ奥義に達したと伝えられている。

能と剣術と忍術には、さまざまな因縁があってその根元は深く絡みついている。

七太夫は太刀を抜いた。能役者にしては意外にも、しかし能役者であるからこそ当然に、隙のない、鍛え上げられた構えであった。

追跡を見破られた——と覚ったのだろう、黒い影が木の枝から音もなく舞い降りてきた。道の真ん中に堂々と立つ。衒《てら》いのない、肩の力の抜けた立ち姿であった。

月光が差して曲者の顔を照らした。七太夫は愕然とした。そこに立っていた者は、二十歳にも満たぬ若者だったのだ。

——このわしが、こんな小僧にまんまと追《つ》けられたのか……。

口惜しく感じたが、しかし、七太夫こそ「こんな小僧に」と並み居る大人たちを悔しがらせた神童である。

「後進、畏るべし——とは、このことだな」

あとから生まれてきた者の中から必ず、自分の存在を脅かす者が出てくる。ゆえに、若造だろうが子供だろうが容赦なく倒す。これが『実力がすべて』の世界で生き抜くための鉄則だ。

「ヤッ！」

裂帛の気勢とともに斬り込んだ。太刀の切っ先が半円の光鋩《こうぼう》を描いて若者の肩口に吸い込まれた。

が、その瞬間、若者の身体が陽炎《かげろう》のように揺れた。

黒い衣がはためく。白く、伸びやかで、ほっそりとした脛を覗かせて、若者は背後に素早く飛び退いた。

――やりおる！

大和申樂に秘伝された太刀筋をやすやすと避けるとは。

――長身だな……。懐が深い……。

よくよく見れば、六尺（一八二センチ）に届かんとする体軀だ。

腰には長身に似合いの長刀をブッ差している。鞘も長いが柄《つか》も長い。並の体格の男が差したら天秤棒のようになるだろうし、そもそも抜刀できるかどうかも怪しい。

若者は刀の柄に手をかけるでもなく、悠然として佇立《ちょりつ》していた。幼子が不思議な動物を見つけたときのような眼差しで、じっと七太夫を見つめている。

「あれは……、なんだったのだ？」

七太夫は一瞬、この若者が何を口走ったのか理解できなかった。ややあって、質問されたのだと気づいた。

「あれとは、なんだ」

「あの舞楽だ。お主《ぬし》は自分から拍子を外していった。それはなんのためだ？」

若者の表情には好奇心が剝き出しになっている。

――ムッ……。

七太夫は、妙な既視感に囚《とら》われた。

――この若造、誰かに似ておる……。

むやみやたらに人懐こい笑顔。好奇心を剝き出しにして人の心にグイグイと踏み込んでくる気迫。開けっ広げで快活で、この笑顔で見据えられただけで、こちらの心まで弾んできそうな『無敵の笑顔』だ。

それでいてけっして野卑には堕ちず、おのれの精神だけは遙か高みに置いているかのような高潔さも感じられる……。

――以前にも、こんな人物に会ったことがある……。

それは、どこの誰だっただろうか。

若者は、ボツボツと呟いている。

「お主は、わざと調子を踏み外すことで、人の心を捉えていった。お主の舞によって皆は入神させられたのだな」

若者は、自分の推測を自分に言い聞かせるように、呟きつづけた。

「お主の舞に心を囚われた者は、心ノ臓の鼓動まで、お主の思うがままに操られた。そしてお主は、ますます調子を踏み外していった……」

若者はニヤッと白い歯を見せて顔を上げ、七太夫に目を向けた。

「あそこでわしが鼓を入れなんだら、どうなっておった?」

七太夫はまたしても愕然とした。

――この小僧が、あのとき、鼓を打った者であったか!

今と同じような無邪気な様子で、ちょっと悪戯《いたずら》をするような笑みを浮かべて、七太夫の秘術を破ったのであろう。

だが。若者は七太夫が思うほど無邪気ではなかった。突然、フッと、冷たい表情に戻った。

「お主、おまぁを殺そうとしたのか」

七太夫は三度愕然とした。この若造は、あの術の意味をちゃんと理解している。

途端に。凄まじい殺気を浴びせられた。

抜き身の刃を、それも真冬の戸外でキンキンに冷やされた刃を、首筋に突きつけられたかのような心地だ。若者の体軀で殺気がブワッと膨らんでいく。

「お、おまぁとは、誰のことだ」

タジタジと後退しつつ訊ね返した。若者はゾロッと一歩、踏み出してきた。

「あま姫」

「小僧、清正公の姫君を呼び捨てにするか」

若者は、フンッと鼻を鳴らした。

「妹だからな」

その瞬間、怜悧な七太夫の脳内で、さまざまに絡み合っていた糸が一本に繋がった。

そして七太夫は我知らず、「ああああッ!?」と大声で叫んでいた。

「そ、そなた……、菊池の真珠郎《しんじゅろう》かッ!?」

加藤清正の猶子(養子)、肥後菊池一族に匿《かくま》われ、菊池彦として育てられた子供。

しかしてその正体は——。

「故太閤殿下の残されし和子《わこ》様!」

人懐こい笑顔も、剝き出しの好奇心も、他人の心にズケズケと踏み込んでくる気迫も、すべて秀吉と瓜二つであったのだ。

秀吉は五尺に満たぬ小男で猿そっくりの醜貌、この若者は六尺の背丈に典雅な顔立ちの美丈夫で、まったく似ても似つかない。

しかし、全体から漂ってくる雰囲気がそっくりだ。秀吉のお側近くに仕えた七太夫にはよくわかる。

「あなた様は……。あのときの、太閤殿下の御子なのですね！」

若者の顔つきが奇妙に歪んだ。殺気をともなって踏み出していた足も停止した。

「なぜ、知っている」

七太夫に対する問い返しになっていたが、それは、肯定を意味していた。

その刹那《せつな》——。

四方八方から飛来してきた手裏剣が、真珠郎の全身を襲った。

瞬間。真珠郎は鷹のように飛翔し、腰の刀を抜き放った。

驚くべき長刀が一瞬にして抜刀される。七太夫の目には、銀色の光芒がギラリと光って見えただけだ。

真珠郎の小袖が激しくはためき、長刀が縦横無尽に旋回した。

空中で火花が無数に散る。真珠郎は、自分に向けて投げつけられた手裏剣を一本残らず打ち落とした。

七太夫は呆然として見つめる。

——な、なんと凄まじい……。この見事さ、美しさ。これが故太閤殿下のご子息なのか！

舞楽と剣の双方で名人の域に達した七太夫だからこそ、この若者の所作、太刀筋の見事さが理解できた。今は粗削りの木彫のような無骨さであるが、磨きをかければ、どれほど光り輝くことか測り知れない。

——さすがは太閤殿下！ そして清正公！ かくも見事な若者を、よくぞ産み、育てたものだ……！

なにやら目頭がジーンと痺れてしまった。

「太夫殿ッ！」

藪の中から黒装束が飛び出してくる。逆手に握った短刀を構えつつ、七太夫を背後に庇《かば》った。

「あっ、そなたらは！」

七太夫は四度、驚かされた。駿府で追い返した楽人たちである。七太夫の様子にただならぬものを感じ取り、あとを追ってきたのであろう。

次々と藪中から黒装束が出現する。得意の武器を手に真珠郎を取り囲んだ。

「シャッ！」

分銅つきの鉄鎖が放たれた。真珠郎の長刀に絡みつく。刀を絡め取られ、さしもの真珠郎も動揺した。その隙を見て忍びたちは、一斉に踏み出し、真珠郎に肉薄せんとした。

「待てッ！」

七太夫は絶叫した。

「その御方を傷つけてはならぬッ……!!」

自分を庇った忍びを押し退け、さらにダダッと駆け寄って、真珠郎と忍びたちとのあいだに割って入り、そのうえ真珠郎の目の前に平伏した。

「ご、ご無礼をつかまつりました。それがし、喜多七太夫と申す、一介の能役者にございまする」

真珠郎はポカンと口を開いて、足元に這いつくばった七太夫を見下ろした。愕然としたのは忍びたちも同じである。覆面から出した目玉を丸くさせている。

七太夫は肩ごしに顔を上げて仲間の楽人たちを叱責した。

「頭《ず》が高い！　控えよ！」

何がなにやらわからぬが、楽人たちは一斉に平伏した。手にした武器は背後に隠す。真珠郎の刀に絡みついていた鎖もジャラッと落ちた。

何がなにやらわからぬのは、真珠郎もまた同じである。ますます不思議そうに七太夫を見下ろした。

七太夫は震える声を絞り出した。

「それがしども、皆、故太閤殿下にお仕えした者どもにございまする。知らぬこととは申せ、大恩ある故太閤殿下の和子様に対し奉り、かような手向かいをいたしたその罪、まさに万死に値いたしまする。どうぞ、ご存分にお手討ちを……」

真珠郎は長刀をパチリと鞘に納めた。抜刀したのも一瞬なら、納刀したのも一瞬である。凄まじい手さばきだ。

「わしは、生きておるものの命を取るのは好かぬ」

人も動物も一緒くたにしているような物言いだ。

「……食うときは別だが」

もちろん、人を取って食うわけではあるまい。

それから、不服げに唇を尖らせた。

「顔を上げて立ってくれ。……親父は親父、わしはわしだ。顔すら見たこともない父親なのだ。親父が偉かったからといって、わしが偉いわけではなかろう」

深々と土下座したまま七太夫は身じろぎもしない。

「あま姫様の御命を奪わんとしたことも、重ねてお詫び申し上げます」

「ああ、そのこと」

真珠郎は『今、思い出した』みたいな顔をした。その件について問い質《ただ》すため七太夫を追跡してきたのであろうに。

「そなたら、これからも、おまぁの命をつけねらうか」

「けっしてそのようなことはいたしませぬ。あなた様にもあま姫様にも、害意を向けることは金輪際、ございませぬ」

「確かか？」とか「その証はどこにある」とか、念押しに相当する言葉は、真珠郎の口からは一切、出てこなかった。

「左様か。ならばよい」

そう言い残すと、いきなり身を翻《ひるがえ》して山中に飛び込んだ。

疾走する足音が遠ざかっていく。あま姫の元に帰るのであろう。

「お、お待ちを！」

七太夫が立ち上がったときにはもう、真珠郎の気配は闇の中に消え去っていた。

五

真珠郎との邂逅《かいこう》は、ただそれきりであった。七太夫は旅回りの猿楽師たちを手配して肥後の菊池を探らせはしたが、相手は南朝系山ノ民の覇王である。迂闊《うかつ》に手を出したら誰も生きて戻ってこられなくなる。

そんなこんなで消息も絶え、いつしか失念していたのであるが、それが突然、秀忠の上洛行にともなって、秀忠の寝所、名古屋城本丸御殿に出現した。

――いったい、なぜ、今、この時なのだ⁉

状況から察するに、秀忠を暗殺しに来た陰陽師を倒すために現れたように察せられた。秀忠に対する殺意はなかったように思える。

しかし。真珠郎は故太閤殿下の和子なのだ。秀忠は豊臣家を滅ぼし、兄の秀頼を殺した敵《かたき》ではないのか。

時はあたかも、二代将軍から三代将軍への代替わりの時期。秀忠の側近から家光の側近たちへと権力が委譲されようとしている。天下は大きく揺れ動き、さまざまな思惑が交錯している。

肥後の山奥で鳥や獣たちと仲よく戯《たわむ》れていれば幸せなのに、なにゆえわざわざ、激動の渦中に飛び込んできたのであろうか。

——あの御方から目を離すわけにはいかぬ。

七太夫は能舞台を下り、座敷に戻ると、手文庫を引き寄せて書状をしたためはじめた。申樂師であり忍びでもある仲間たちを、急ぎ、呼び集めようと決意したのだ。

第二章　菊池彦、還る

一

薄暗い一室。

蔀戸《しとみど》が下りている。御座所は御簾《みす》に囲まれて、さらに夜風を避けるための几帳《きちょう》が立てかけられていた。

宝台院は文机《ふづくえ》の前に腰を下ろし、なにやら憂悶に包まれた様子で考え込んでいた。

——なにゆえ妾《わらわ》の策が成就せぬのだ。

宝台院は、我が子・秀忠の治世を安んずるため、さまざまな陰謀に手を染めてきた。

越前松平忠直《えちぜんまつだいらただなお》を破滅させ、その命を奪い取らんとしたことがひとつ。

忠直は、秀忠の腹違いの兄・秀康《ひでやす》の嫡子である。本来なら、忠直のほうが徳川の嫡流なのだ。秀忠から徳川家当主の座、すなわち将軍職を奪うだけの正当な資格があるのは越前忠直だけである。

ゆえに殺そうした。

だが。

最初はうまく進展しているように見えた。忠直は面白いように単純に、宝台院の罠にかかった。が、しかし、肝心のところでスルリと逃れた。

忠直は豊後《ぶんご》に生存している。越前の内紛を生き延びたばかりか、宝台院の放った刺客団をも返り討ちにした。

宝台院の誤算はさらにつづいた。

徳川幕府の筆頭老臣であり、忠直を将軍に担ぎ上げようとした張本人、本多正純《ほんだまさずみ》をも暗殺しようと謀ったのだが、これまた失敗した。

宝台院にも直属の諜報網はある。

宝台院は家康の愛妾の中でも美貌随一と謳《うた》われた女だったが、若くして目を患い、盲人同然であったともいう。ゆえに彼女は盲人たちを保護し、援助した、という美談が伝わっている。

だが。これはただの美談ではない。

この時代の盲人の稼業といえば、按摩であったり、琵琶法師であったり、歩き巫女《みこ》（下級の巫女で、実質は売春婦）だったりする。諸国を流れ歩く道々外生人だ。このような職能集団はやすやすと間諜になりうる。宝台院の元には全国各地、津々浦々から情報が集まってきた。

さらに。仏門に入る以前の宝台院は『西郷局《さいごうのつぼね》』と呼ばれていた。西郷家は菊池一族の分家であり、また、幼き頃に宝台院を養い育てたのは服部一族でもあった。

ゆえに、情報収集を得意とする者どもには事欠かない。

それらの者どもが、宝台院の失敗すべてに、謎の男が関与しているらしい、という事実を掴んできた。

――謎の男ではわからぬ。いったいどこのなにやつなのじゃ。

許しがたい曲者《くせもの》である。今後のこともある。なるべく早くに手を打っておかねばなるまい。

自分に敵対した『謎の男』の正体を暴かぬことには安心して夜も寝られない。

――正体を暴き次第、殺さねばならぬ。

宝台院は鈴を鳴らして、配下の尼僧を呼びつけた。

二

戎克船《ジャンク》が巨大な帆を広げている。

見渡すかぎりの大海原。陽光が青い海面に反射してキラキラと眩《まばゆ》く輝いている。

波は高いが巨大な外洋ジャンクにとっては、なんということもない。船体の全長は六十間（一〇八メートル）、三本の帆柱を持ち、青瓦を葺《ふ》いた御殿のごとき二階櫓まで備えている。『一官』の文字を染め抜いた旌旗《せいき》が潮風にたなびき、朱色に塗られた舳先が力強く波を切り裂いていた。

「よか日和《ひより》ばい」

一人の唐人が甲板に立って朗らかに笑った。まだ若い。しなやかで引き締まった体軀。逞しく日焼け、潮焼けした肌がテラテラと輝いている。剝き出しになった前歯だけが真っ白だ。

鄭芝龍《テイシリユウ》、字《あざな》は飛虹《ヒコウ》、倭寇《わこう》の頭目だ。

倭寇といっても日本人ではない。福建の南安に生まれた明国人である。

子供の頃は手のつけられない暴れ者で、『このままでは俠客になってしまう』と心配した母親の命令で、商人の叔父の元に送られ、商人としての修行をさせられることとなった。

ところがこの叔父が、倭寇の大立者、李旦《リタン》と関係があったので、鄭芝龍もその母親も予期せぬ方向に話が転がっていく。

鄭芝龍は李旦率いる海上軍閥『一官党』に身を投じ、めきめきと頭角を現した。資産家の叔父の経済援助もあり、本人の気っ風と度胸のよさもあり、この若さにして一船団を率いる幹部に出世したのだ。

今は日本に居を移し、肥前の五島列島に拠点を構えていた。

この時代、中国を支配していた大明帝国は禁海政策をとっていた。日本風にいえば『鎖国』である。

しかし、中国の海岸線は長い。古くから海上交通が発達し、人々は交易に頼って生きてきた。いきなり鎖国だと言われても困るし、そんな法令を杓子定規に守っていたら暮らしが成り立たなくなる。

内陸部に誕生した明王朝は、農民や遊牧民の暮らしは理解しているが、海人の暮らしはまったく理解していない。

そんな次第で明国の海人たちは、母国を離れて他国に拠点を移して生活しはじめた。

ことに、戦国時代の真っ只中で武器や火薬を大量に必要とし、かつ、金や銀などの貴金属を産出した日本などは狙い目で、多くの明国人たちが九州の海岸地帯や島々に拠点を構えて活動したのだ。

実は、彼らこそが『倭寇』の正体なのである。明人擬倭という。

倭寇の活動の活発化は、明国の禁海政策の本格化と同調している。倭寇討伐を命じられた明国の軍人が政府に送った報告書が残されているが、『倭寇の大半が明国人で、日本人（真倭）は二割にも満たない――』と伝えている。

明人倭寇は東アジアの大海原を股にかけて活躍した。遥かインドやアフリカ東岸にまで足跡を（海だから航跡か？）を残している。

潮風に帆がはためいている。帆を引き上げて固定する水縄《みなわ》がピンと張りつめて、風を切り裂きビュウビュウと鳴っていた。

ジャンクには信十郎とキリ、そして鬼蜘蛛《おにぐも》も乗っている。信十郎はいつものように陽気に微笑み、キリはいつものように無表情。鬼蜘蛛は果てしなく広がる海に圧倒されて目を丸くさせていた。

揺れる甲板ももののともせず、鄭芝龍がこちらに走ってきた。むやみやたらに興奮している。「海に出た日は、いつもこうなのだ」とは、信十郎の弁である。

「やぁ、船旅はどげんな？　楽しかろうばい」

片言の日本語で臆面もなくまくし立て、三人に向かって快活に声をかける。

鬼蜘蛛は相変わらず目を回していて、得意の悪口も出てこない。

キリは日除けの被衣《かづき》を被り、さらに市女笠《いちめがさ》を戴いていた。色白の餅肌は日焼けに弱いのだ。

眩い陽光の下で市女笠の中だけが薄暗い。その暗さの中にボンヤリと、キリの美貌が浮かんで見える。なにやら妖しく艶《なまめ》かしい。

鄭芝龍は市女笠の下をチラリと覗き込んだ。

「いつ見ても、よか女子《おなご》たい。さすがはシンジュウロが選んだだけのごたある」

真っ白な歯をキリに向けて朗らかに笑った。

キリは頬を赤く染めた。いつもの無表情ながら、唐人のあけすけなお世辞にどう対処したらいいのかわからぬ様子であった。

船には、見知らぬ若者が乗っていた。

濃い眉毛と二重瞼が特徴的だ。造りのいかつい顔立ちのせいで老けて見えるが、ヒヨロリと細身で、まだできあがっていない身体つきから察するに、十五、六歳、といったところか。

なかなかに剽悍《ひょうかん》な若者で、揺れる甲板をものともせずに走り回り、高い帆柱のてっぺんにまで恐れることなくよじ登った。

鄭芝龍の仲間の顔ぶれなら大概は見知っている。そんな信十郎にも見覚えのない顔だ。

「大島から出た青ニセばい」

鄭芝龍はそう説明した。青ニセとは青二才、まだ半人前の若者という意味であろう。

大島、というのはどこの大島なのか、ちょっと信十郎にもわからない。日本には数千の島々があるが、一番多い名称が『大島』である。

明治になって戸籍謄本や郵便の制度が確立すると、『大島』だけでは区別に困るので、『○○大島』と呼ぶようになった。しかし、この時代はまだ、すべての大島が、ただの大島である。

「おおい、秀昌《シユウシヨウ》！　こっちに来て、オイの兄弟分に挨拶ばせんとね！」

若者は水綱を伝って滑り降り、ドンッと甲板に降り立つと、勢い込んで走ってきた。

「秀昌と申します！　信十郎大哥《ターコー》（兄ィ）のことは、鄭爺《エー》（鄭の旦那様）から聞かされてました。よろしくお頼み申します」

真っ白な歯が剝き出しの笑顔が若々しい。悩みなど何もない、人生が愉しくて仕方がない、という年頃だ。海と陽光が何より似合う若者である。なにやら見ているだけで清々《すがすが》しくなってきた。

「大島とは、どこの大島かね」

信十郎は訊ねた。すると、快活だった秀昌の表情が急に曇った。

おや、と、信十郎は思った。この若者にも屈託《くったく》はあるらしい。

「奄美《あまみ》」

と、秀昌は短く答えた。

――なるほど、琉球国の生まれか。

琉球国は今、滅亡の瀬戸際にある。慶長十四年(一六〇九)、薩摩国(鹿児島県)の大名、島津家の侵攻を受けて降伏した。それ以降、島津軍には進駐され、代官を置かれ、外交や行政まで鹿児島の指示を受ける事態に陥っていたのだ。

秀昌は仕事に戻った。故郷の苦衷を思い出したのか、やや、陰気な顔つきになっていた。

鄭芝龍はあけっぴろげで快活だが、人の心の読めぬ男ではない。チラリと秀昌を見やってから、信十郎に顔を向けた。

「大島では、だいぶ島津に苛められとったようたい。島津の代官手代を殴ってくさ、小舟で逃げ出してきたとよ」

漂流中に偶然、鄭芝龍のジャンクに拾われたのだそうだ。以来、配下となったらしい。

「薩摩相手の八幡《バハン》（海賊行為）では目の色を変えて暴れ回るたい」

鄭芝龍は苦笑した。


潮の流れが変わった。さしもの巨船が大きく揺れる。

「明国の陸《おか》に近づきよったとたい」

日本の陸地はいきなり山並みが切り立っているが、明国の陸地は遙か千里の彼方まで広がる大平原だ。陸地を探すのには骨が折れる。帆柱の上に立った見張りの者が、目印となるわずかな丘陵を必死になって探している。

やがて彼方に陸地が出現した。水平線にぼんやりとたなびく黄色い土埃が見えたのが最初の兆しであった。

ジャンクは港に入った。どこのなんという町なのか、信十郎たち三人には理解できない。

港の交易人たちが飛んできて、鄭芝龍と盛んに挨拶を交わした。その中には、武装兵を引き連れた明国の将官の姿もあった。

交わされる会話も広東語なので、ますます理解できない。それでも信十郎たちは好奇心を抑えきれず、港町に上陸した。

港町は、これで本当に鎖国をしているのか、と疑問に感じるほどの殷賑《いんしん》ぶりだった。軒を並べた商家の庭先に売り物が大量に並べられている。

南洋特産の螺鈿《らでん》を散りばめた小間物が売られていた。キリは足をとめて繁々《しげしげ》と眺めている。そんな様子は普通の娘となんら変わりがない。服部半蔵三代目としてさまざまな謀略に手を染めてきた女の姿とは思いがたい可憐さだ。

日本から来た上客だと踏んだのだろう、商人がにこやかな笑みを浮かべて盛んに声をかけてくる。言葉は通じないが、日本の商人と何一つ変わらない。お追従《ついしょう》で褒め上げて、より高額な商品を買わせようという商人の技だ。

結局キリは、かなり高価な櫛を買った。もっとも、金を払わされたのは信十郎である。

当時の日本女性は髪を伸ばしたままにしている。垂らし髪である。明国や琉球の女たちのように髷を結い上げたりしないので、髷を止める簪《かんざし》は必要ない。

キリは背中に垂らした黒髪を胸の前にやって、櫛を差した。

「どうだ」

思わぬ出費に心を痛めていた信十郎は、引きつった笑みで「ああ、いいね」と答えた。

キリはまんざらでもなく微笑んだ。

「もっと褒《ほ》めろ」

「飛虹のようにか」

鄭芝龍がのべつまくなしに褒めまくるものだから、キリはすこし、自尊心を膨らませすぎているらしい。

鬼蜘蛛は目にも色鮮やかな果物を買った。なんとも蠱惑《こわく》的な匂いを漂わせていたからである。

五つほど買って、つい無意識に、品玉《しなだま》に取った。空中に放り投げながら歩いていると、道行く明人たちが一斉に目を丸くした。

「ほほう」

目を丸くしたのは鬼蜘蛛も同じである。自分の芸は、この異国でも通用するらしい。

――なら、ひと稼ぎといこうかい。

とは思ったものの、旅芸人が稼ぎをしようと思ったら、まずは地元の顔役に挨拶せねばならない。仁義を欠けば揉め事が起こる。おそらく、明国でも事情は同じであろう。

しかし挨拶に行きたくとも言葉が通じない。

――なら、本日はタダで見せたるわい。鬼蜘蛛様の明国初お目見えや。

鬼蜘蛛は人が好くてノリやすい。ノリすぎて羽目を外し、失敗することもたびたびだ。得意になって品玉を操った。

みるみるうちに人が集まってくる。物陰では目つきの鋭い若い衆がこちらの様子を窺っている。拍手されているだけならよかったのだが、投げ銭を投げられてしまった。いつもの癖で銭を拾おうとすると、若い衆が目を怒らせ、懐手をして近寄ってきた。

鬼蜘蛛は銭を棄てると慌てて逃げた。

鄭芝龍のジャンクは日本から運んできた積み荷を降ろし、代わりに明国の産物を山のように積み込んだ。当然、金銭の遣《や》り取りがなされている。いかほどの儲けになったのかは、部外者の信十郎には測り知れない。しかし、この巨大なジャンクを維持し、百人もの船員たちに給金を払ってなお、お釣りが出るほどには儲かったに違いない。

夕刻、ジャンクは桟橋を離れた。

「ずいぶんと慌ただしい出発やのぅ」

鬼蜘蛛が名残惜しそうに異国の港を見つめている。

信十郎は積み荷の木箱に寄りかかった姿で答えた。

「飛虹は倭寇だからな。明国の征伐隊でも近づいておるのであろう」

と、その飛虹、鄭芝龍が物陰からひょいと現れた。

「征伐隊なら来とったとよ。あの将官がそれたい」

武装兵を引き連れた偉丈夫が、商売人顔負けの笑みを浮かべて手を振っている。倭寇の出港を見送ってくれていた。

信十郎と鬼蜘蛛は目を丸くした。

「どういうことだ」

鄭芝龍はフン、と鼻を鳴らした。

「港の砦に備蓄されちょる火薬《ひぐすり》や武器を売りつけよったとたい。横流しでしこたま儲けよったと。その火薬や武器は、オイたち倭寇を征伐するため、北京の宮廷から下賜された軍備たい」

チラリと積み荷を横目で見た。

「港役人がオイたちに売った品々も、本当は北京に上納されるはずの貢《みつ》ぎ物、年貢たいね。じゃっど、北京に上納しても誰の儲けにもならんばい。しかも送り賃は港役人の自腹ばい。そうじゃけん港役人は、北京に送るべき宝貝《パオペイ》(宝物の総称。貝殻のことではない)をオイに売りつけよったと。送り賃はかからず、金は儲かる。いいことずくめばい」

「しかし、年貢の宝物を勝手に売り買いなどしたら、それこそ宮廷軍の討伐を受けるのではないか」

「だから、討伐隊が送られて来ちょるばい。あそこにおる、あいつらがそうたい」

話が元に戻った。

「あの将官もオイたちと一味同心たい」

鄭芝龍は笑った。

「あの将官、この港でオイたちと戦ったことにして、そのように宮廷に報告するたい。戦って、火薬や武器を消耗した。北京に送るべき宝貝も奪われた、と、こう言い訳すれば、火薬や宝貝が消え失せた理由にもなるたい」

芝龍は呵々大笑した。

「誰も死なず傷つかず、オイも港役人も将官も大儲けたい。こげんによか話はなか」

信十郎と鬼蜘蛛は、明国人の逞しい生き様に言葉も出ない。

沿岸地帯で略奪を働く倭寇の悪行は国家の記録に残ってしまうが、それも『日本人の仕業』だ。明国人は誰も傷つかない。


ジャンクは東シナ海を横断し、一路、日本に向かっている。

翌日の朝、海面は深い海霧に包まれていた。

と、霧の中になにやら黒い影が浮かび上がった。

「あれはなんだ」

信十郎が訊ねると、鄭芝龍は不機嫌そうに答えた。

「イスパニアの船たいね。オイたちの商売敵ばい」

はるか南蛮から航海してきた大船である。黒々とシルエットになった帆が小山のように見えた。

二艘の大船は、互いに舵を切って離れていく。敵とはいえ、むやみやたらに戦うわけではない。

秀昌がドタドタと甲板を蹴立てて走ってきた。

「鄭爺！　やっちまいましょう！」

大きな目を剝いて殺気だっている。

「阿呆、こっちは荷を山ほど積んどるばい！」

喫水線は沈み、船足は遅い。仮にイスパニアの船に勝利できたとしても、イスパニア船から奪った荷を積む場所もない。

金持ち喧嘩せず、である。今は積み荷を日本まで無事に運ぶことが最優先なのだ。

しかし秀昌は納得しなかった。

「なら、沈めるだけでも！」

「秀昌！　いつからオイに意見ばするほど偉くなったと⁉　持ち場に戻らんね！」

秀昌は渋々と帰っていった。未練がましく、イスパニアの帆船を睨みつけている。

鄭芝龍は明人らしく、大げさに肩を竦《すく》めて嘆息した。

「イスパニアも琉球国ば、狙っとるばい。秀昌にとっては国の敵《かたき》たいね」

信十郎には驚かされることばかりだ。九州の南方の海上で、多くの勢力が覇権を競い合っている。

「いずれ琉球は、薩摩か、イスパニアか、どっちかのものとなるたい」

そしてニヤッと笑って、

「じゃっど、今しばらくは睨み合いで綱の引っ張り合いたい。そのあいだはオイたちも稼ぐことができようばい」

地域全体が一つの大国の領地となったとき、倭寇のような独立勢力は滅びる。

徳川家が天下を統一した今、道々外生人たちが急速に力を失っていく日本の姿と重なった。

三

数日後、ジャンクは熊本港に入った。幕府より鎖国令が布告されるのは十年後のこと。この時期は海外交易が活発で、西国大名たちはこぞって貿易に邁進していた。

信十郎たちは陸に上がった。鄭芝龍と別れを告げて、阿蘇の山並みへ足を向けた。

山を越えれば菊池郡。菊池一族の支配する本領だ。

阿蘇山が雄大な裾野を広げている。鬱蒼と繁る原生林を抜けると、急に視界が広がった。

初秋の澄んだ青空に白い雲がたなびいている。心地好い高原の風が吹きつけてきた。

菊池一族の里は人里から遙かに隔てられた山中にあった。山中とはいえ、農地は見事に整備され、白い石積みの棚田が幾重にも連なっている。水路は棚田を縫って走り、所々には水車小屋が建てられていた。

どうしてこのような山奥に村落があるのか、と不思議に感じられることだろう。村と外界を繋ぐ通路は獣道しかないのであるからなおさらだ。典型的な隠れ里なのだ。よく手入れされた田畑は実りの時を迎えようとしている。風に吹かれた稲穂が海原のように波打っていた。

「おお」

信十郎は風景に心を動かされやすい男だ。例によって例のごとくに感動すると、里へ通じる坂道を駆け降りはじめた。

信十郎が走っていくと、いずこからともなく、黒い影が出現した。信十郎と並走する。

侵入者を迎撃するような構えに見えたが、それらの者どもは、皆、嬉しそうに顔を綻《ほころ》ばせていた。

「今、帰ったぞ、みんな！」

信十郎が叫ぶと、村人たちは一斉に白い歯を見せた。

「菊池彦様が菊池ノ里に帰ってきたことなど、あの峠に踏み込まれたときから気づいておりましたわい！」

熊本に通じる山並みを指差して大笑いする。

「それはそうだ！」

信十郎も快活に笑った。

菊池ノ里を取り巻く山並みには、厳重な警戒網が敷かれている。どこから誰が踏み込もうとも、必ず発見され、里に伝えられるのだ。

「俺を最初に見つけたのは小鳥《こがらす》だったな」

そう言いながら信十郎が周囲を見回すと、水路の石垣に身を隠していた子供がピョンと飛び出してきた。

「なぁんだ、バレてたのか」

その名のとおりに真っ黒な顔立ちの、こましゃくれた子供だ。

横の大人が小鳥を肘で突つく。

「菊池彦様に気づかれず、あとを追けることができると思ったら、大間違いだぞ」

子供らしい思い上がりを窘《たしな》められ、小鳥は唇を尖らせた。

「いや、この俺を最初に見つけたのは手柄だ。腕を上げたな、小鳥」

信十郎が褒めると、小鳥は満面に笑みを浮かべ、小猿のように真後ろに飛んで、空中で一回転した。そのまま田畑の稲穂の中に消えていく。——よほどに照れくさく、また、嬉しかったのであろう。

大人たちが、にわかに深刻な顔をした。

「小鳥を叱ってなどおれぬぞ。菊池彦様を追った里の者どもは、皆、菊池彦様に撒《ま》かれてしもうた」

初めて江戸に出ていった二年前のことを言っている。鬼蜘蛛をともなって菊池ノ里を離れた信十郎は、里の者が護衛についていることに気づき、尾行を振りきって遁走したのである。

「あれからどこで、何をしていらしたことやら……」

「風の噂では、あちこちの大名を相手にえらい活躍だったそうな」

信十郎を取り巻いて、里の者たちが詰め寄ってくる。信十郎は苦笑いして一同を押し返した。

「その話はおいおいするから。まぁ、許せ」

年嵩《としかさ》の男が叫んだ。

「長老様方にお伝えするのだ！　今宵は宴《うたげ》ぞ！」

「応！　旅の話を全部聞くまで許さぬぞい！」

信十郎を取り巻いたまま、里の奥に向かって歩いていく。賑やかな笑い声が響いていた。

「信十郎は、皆に好かれておるのだな……」

キリがポツリと呟いた。

鬼蜘蛛は「へへへッ」と笑うと、さも得意気な顔つきで、鼻の下を擦った。

「そうや。太閤様の忘れ形見で、清正公のご養子で、なんといっても先代菊池彦様から直々《じきじき》に指名された後継者やからな。ほんま、たいした男やで、あいつは」

自分のことのように得意顔になっている。

一方のキリはますます浮かぬ表情だ。

鬼蜘蛛は笑顔で振り返って、キリのあまりにも深刻な顔つきに驚いた。

「どうしたんや……」

鬼蜘蛛は無神経な男で、キリは無表情な女だ。しかし、そこは『仲間』であるから、朴念仁《ぼくねんじん》の鬼蜘蛛にも、キリの内心の不安を読み取ることができた。

——ははぁ……。信十郎と契《ちぎ》ってしもうたもんやから、そんな自分が里のモンに受け入れられるか心配なんやな。

たしかに、菊池一族のような血族集団は、余所《よそ》者の闖入《ちんにゅう》を毛嫌いする傾向がある。

——しかし、まぁ、契ってしもうたもんは、仕方ないやろ。

「心配要らん。大長老様も、長老様方も、お前のことを気に入ってくださるわい」

「オレは人には好かれぬ」

——まぁ、それはそうだが。

実を言えば鬼蜘蛛も、キリのことが好きではない。

それでも人の好い鬼蜘蛛は、カラッと作り笑顔を浮かべた。

「にこやかにしておればよい。あの飛虹を思い出せ。あいつのまねをして、世辞のひとつも言ってみろ」

「無茶を言うな」

キリは唇を尖らせた。

そのとき、山の手のほうからキャラキャラと、かしましい娘たちのさんざめく声が聞こえてきた。娘たちの一団が袖を振り振り走り下りてくる。

鬼蜘蛛はムッと眉間に皺を寄せた。

「なんや、あいつらは。菊池ノ里はいつから遊び女を村に入れるようになったんや」

絹の小袖や、明国から渡ってきたらしい装束に身を包んでいる。揃って華美でけばけばしく煽情的な衣装だ。

「違うよ。あれは村の女たち。先頭に立ってるのが大津彦《おおつひこ》の娘、奏《かなで》さ」

足元の草むらから、ヒョイと小鳥が飛び出してきて答えた。

小鳥は得意の悪戯で驚かせたつもりだったろうが、鬼蜘蛛もキリも、小鳥が忍び寄ってきていたことには気づいていた。

鬼蜘蛛は別の意味で驚いた。

「なんやて！　あれが菊池の娘たちかいな！」

黒髪を唐人の娘ふうに結い上げて、珊瑚の簪でとめている。長崎や博多で唐人相手に商売している遊び女などを連想させる姿だ。遊び女と見間違えたのも無理はない。

キリにはよくわからぬことだが、どうやら菊池の娘衆は、信十郎と鬼蜘蛛が旅に出る以前とでは風俗を激変させたものらしい。

小鳥がこましゃくれた顔をしかめさせた。

「大津彦が熊本の港で買い集めた着物や簪なんかを、村の娘っこたちにばら撒いてる。娘っこたちはすっかり飼い馴らされて、今じゃ、あの娘の言いなりさ」

村の年寄たちの受け売りなのであろう。年寄臭い物言いと顔つきだ。

大津彦の娘の奏とやらが、弾けるような笑みを浮かべて手を振って、信十郎に駆け寄っていく。

「菊池彦様〜！」

感極まった、とでも言いたげな、仰々しい叫びをほとばしらせた。

信十郎は顔を上げた。若い女の肉体が逞しく躍動しながら突進してくる。このままでは抱き留めねばならんか、帰った早々、女に抱きつかれるとはどういうことか、などと考えていたら、女は目の前で足をとめた。

とはいえ、馴れ馴れしすぎる距離感である。まるで恋人同士が再会を喜びあうような姿ではないか──などと、最近すっかり世馴れしてきた信十郎は思った。

「お帰りなされませ、菊池彦様！」

若い娘はキラキラと笑みを浮かべて熱烈に見つめ上げてきた。

娘とはよほどに親しい仲だったらしい。しかし、誰だ？

などと記憶を探っているうちに、思い出した。

「おお、そなたは。大津彦の娘であったな」

大津彦は長老の一人だ。その娘の面影も記憶の端に留めていた。

旅に出る前は痩せていて、貧相で、いつもいじけているような娘であったのに。変われば変わるものである。

萎《しな》びていた蕾が大輪の花を咲かせた、といったところか。

しかし信十郎は、この美しさに『危うさ』を感じ取った。

――自分の美しさに酔っておる。自信を持ち過ぎておるのではないか。

男であれ女であれ、自分に酔ってしまった者は危うい。信十郎はこの旅で、多くの武芸者たちと渡り合ってきて、そう実感している。

おのれの技量を過信して、自信満々に刀を抜きつけてくる者ほど隙がある。敵の間合いに自ら飛び込んでいったあげく、返り討ちにされるのが常であった。

信十郎の感慨をよそに、大津彦の娘は、信十郎の間合いにグリグリと身を寄せてきた。

「お戻りになるのを、一日千秋の想いでお待ち申し上げておりました」

「そうであったか。ただいま戻った」

涼しい顔で返事をしながら信十郎は、内心では、この娘の名前はなんだったかな？と、必死に思い返している。

「お戻りになられましたら父が……」

「大津彦殿が、なんだ」

娘は、突然ポッと顔を赤らめて恥じらった。俯いてウジウジと身を揉んでいる。

「菊池彦様とわたしとの祝言を、大長老様に願い上げることになっております」

取り巻きの娘たちが『キャアッ』と、けたたましい歓声をあげた。奏に自己投影しているのであろうか、我がことのように喜び弾んでいる。

「えっ……!?」

信十郎は絶句した。そんな話はまったく耳にしていない。

とはいえ、菊池ノ里と連絡もとらずに飛び回っていたのは自分だ。いつのまにかそういう話が纏《まと》まっていても不思議ではない。偉い人の結婚というものは、本人の意思とは無関係に、周囲が勝手に進めるものだ。

すると、村の男の一人が食ってかかった。

「馬鹿を吐《ぬ》かせ！　大津彦が勝手に言っとるだけじゃ！　大長老様が同意なされるはずがなかろう！」

信十郎は納得した。

――なるほど、大津彦は野心家だ。自分の娘を手駒に使って、菊池彦を取り込もうという魂胆だな……。

と思いつつ、その菊池彦とは自分のことなのだと気づいた。

信十郎は心のどこかで、先代の菊池彦こそが本物の菊池彦だと思い込んでいる。お前が菊池彦なのだ、と言われても、実感がまったくない。

奏は一瞬、表情を険しくさせ、白い目で男を睨みつけたが、すぐに笑顔を取り繕った。

「さぁまいりましょう、菊池彦様！」

男衆など完全無視で、馴れ馴れしく腕を取ろうとする。

「いや、待て」

信十郎は肩ごしに振り返り、背後に目を向けた。

道端にキリと鬼蜘蛛と小鳥が突っ立っている。

大津彦の娘も、キリの存在に気づいた。

「あの娘は……？」

奏は一目で、キリが信十郎の想い人なのだと見抜いたようだ。信十郎はつくづく不思議に思う。こういうときの女の直感力は手練の忍びも顔負けだ。なぜなのだろう。

奏の双眸の奥に、瞋恚《しんい》の焔が燃え上がるのを信十郎は見逃さなかった。

四

菊池の集落は東に向かって標高が上がっていく。東南方向には阿蘇山の巨大な山容があった。

集落を見下ろす東の高台に鬱蒼とした森が広がっている。ひときわ目立つ丘陵が盛り上がっていた。信十郎は白い小石の敷きつめられた小道を分け入って丘陵の麓に向かった。

古墳を思わせる丘陵には小さな石室が口を開けていた。自然石で作った荒々しい石組みだ。信十郎は長身を屈めて潜り込んだ。

入り口は狭いが奥は広い。二十人は収容できる。灯《ともし》がいくつも点いている。岩室の壁には朱色と黒の顔料で、丸や三角や直線の絵が描かれている。九州地方の古墳によく見られる文様だ。

装飾文《もん》を背に一段高く壇が置かれ、その上に一人の老人が座っていた。

真っ白な髪を長く伸ばし、真っ白になるまで水干処理（水に浸けては乾かすこと）された麻布の衣を着けている。長く伸びた眉毛の下で眼窩が暗く落ち窪んでいた。

信十郎は神仏に対するがごとき敬虔さで拝跪《はいき》した。

「ただいま、戻りました」

老人は幾重にも皺の重なった瞼を蠢《うごめ》かせ、ゆっくりと目を開けた。

「よう戻られた菊池彦。無事でなによりじゃ」

信十郎も挨拶を返す。

「大長老様もご健勝にてなによりです。旅立ちの前より、風姿が若返られました」

大長老は満足げに信十郎を見下ろしている。

「世間に揉まれて、すこしは世辞も覚えてこられたようじゃの」

「これは……」

信十郎は赤面して面《おもて》を伏せた。

菊池ノ里を国に例えれば、菊池彦は世俗権力の王であり、大長老は宗教権威の法王だ。信十郎はまだ若く、半人前で、菊池彦としての役目などまったく果たしていない。菊池ノ里の統治は大長老に任せきりだ。ゆえに、まったく頭が上がらない。甘えきっているふうでもある。

二人はしばし、無言で見つめ合った。大長老が大きく一つ頷いた。

「大きくなられた。懐も深くなられたようじゃ」

満足そうに目を細める。

「そなたを鍛えてくれた者たちに、感謝をせねばならぬのぅ」

「それはもちろん」

「敵も味方もなく、じゃぞ」

仇敵との熾烈な戦いの中で鍛えられることもある。二年前に始まった信十郎の旅は、まさに、死闘の中でおのれを鍛える修行の旅でもあった。

勝利する者。敗れる者。心血を注いで努力したのに虚しく滅び去っていった者。それらすべての人々との交わりが、信十郎の人格に厚みを持たせたのであった。

「ことに、あの娘には、幾重にも礼を述べねばならぬであろうな」

「ご存知でしたか」

「うむ。互いに助け、愛し合う伴侶を持つ、ということは、これは人としてかけがえのないことぞ」

キリのことが許されたようなので信十郎は一安心した。菊池ノ里に帰るにあたってこの一事だけが心配で気重であったのだ。

「大長老様に断りも入れず、勝手に契りました」

大長老は、滅多にないことに、頬を緩めて笑った。

「男と女のことだ。いたしかたないわい。誰かに許しを請わねば始まらぬ恋など、恋ではない」

信十郎は唖然とした。

生きたまま神仏になってしまったかのような老宗教者の口から、このようにさばけた、ある意味で生臭い言葉が湧いて出るとは思わなかったのだ。

「なんじゃ、その顔は」

「いえ……。大長老様から色恋の道を説かれるとは思わなかったもので……」

「何を申す。このわしとて若い頃は――」

と言いかけて、慌てて咳払いをした。

信十郎は悪戯っぽく笑って、チラリと見上げた。

「娘たちに、持て囃されましたか」

「そりゃあ、もちろんじゃよ」

二人は、声を揃えて笑った。

岩室の口から笑い声が漏れてくる。麓に集まっていた村人は、唖然呆然として互いに顔を見合わせた。

大長老様が声をあげて笑うなど空前絶後のことである。信十郎が話し相手であればこそだ。その一事だけをとっても信十郎は、菊池彦と呼ばれるに相応《ふさわ》しい男なのであった。

五

夜になった。集落には煌々と篝火が焚かれている。信十郎の帰還を祝い、時ならぬ祭りが始まったのだ。

広場の焚き火を中心に車座になり、濁り酒が回される。村人が次々と挨拶にくる。信十郎は機嫌よく杯を受けて、「大きくなった」だの「貫禄が出た」だのと我がことのように喜んだり、「その怪我はどうした、熊に喰われたのか」などと親身になって心配したりした。

横にはキリが座っている。大長老様の許しが出たので、誰憚《はばか》ることもない夫婦だ。

キリはいつものようにムッツリとして無言である。鬼蜘蛛には愛想笑いを勧められたが、慣れぬことはできない。だが、白皙の美貌が焚き火の明かりに照らされた様は清艶であった。無表情で言葉数が少ないことが、かえって気品を感じさせていた。

名族の姫、などという手合いは、超絶的に澄ましかえっていたほうがよい。

男たちは憧憬の眼差しでキリを見上げ、女たちは諦め半分、羨望半分に若い二人を見つめていた。

信十郎はあちこちに引っ張り回された。キリは一人で上座に座っていた。

「な、案ずることなかったやろ」

いい加減酔っぱらった鬼蜘蛛が、キリの側に来て囁いた。

キリは、酒臭い鬼蜘蛛の息から顔を背《そむ》けながら言い返した。

「まだ、わからぬ」

「なんやねん。もっと素直になりィや。……信十郎の前では、素直で可愛い女であるくせにのぅ」

「何を馬鹿なことを言っておる。オレは素直に案じておるのだ」

騒々しい歌声の向こうから、村人たちの囁き声が聞こえてきた。

「服部半蔵家の姫様じゃそうな」

「それはたいそうなご身分じゃのぅ」

「さすがは菊池彦様じゃ。服部家は南朝の忠臣。菊池に迎えるに恥ずかしくない家柄ぞ」

「じゃが、今は徳川に仕える忍びではないか」

「うむ。ということは、菊池彦様は徳川にお仕えするおつもりか」

「わしらも徳川のために働くこととなるのであろうかの？」

「わしは賛成じゃ。腕が鳴るわい」

不安半分、期待半分の囁き声はいつ絶えることもなくつづく。鬼蜘蛛も次第に鬱陶しくなってきた。

キリは視線を周囲に巡らせた。大津彦の娘とやらを探しているが見当たらない。

──あの娘……。このままおとなしく引っ込みはしまい。

心の均衡がとれていない。心の中に刃を隠し持っている。

若い娘は誰でも多かれ少なかれそういうものだが、あの娘は顕著だ。

──いずれ、何か騒動を起こすかもしれぬな。

忍びの性《さが》であろうか。キリは常に悲観的である。

岩室には長老たちが集められていた。里の喧騒をよそに、緊迫した空気が流れている。

菊池一族は『魏志倭人伝』にも登場する古代氏族だが、太古のままの生活様式ばかりを維持しているわけではない。時代とともに移り変わって、鎌倉時代には武士として立ったし、戦国時代には戦国大名として覇を競った。

当たり前のことである。「太古よりつづく名族でござい」などと胡座《あぐら》をかいてはいられないのだ。菊池一族は菊池一族なりに、必死で生き残りの道を模索してきた。

南北朝の動乱期には南朝方の大勢力として活躍し、多々良ヶ浜で足利尊氏軍と激戦を展開したり、東国に兵を送ったりもした。

加藤清正が熊本に入府すると、加藤家との縁を深め、姫を三人も輿入れさせた。であるからこそ今日まで生き延びてこれた。伝統の生活にこだわったばかりに滅亡した古代氏族がいかに多かったことか。

しかし。

生き残りの道を模索し、世俗と関わるごとに、菊池一族の内部にも意見の相違が生まれ、派閥が生まれた。

「菊池彦や大長老に頭を下げる時代ではない、俺が仕えているのは加藤の殿様だ」と考える者も出てくるし、「いっそのこと一族をあげて徳川に仕えるのが最善ではないのか」と考える者も出てくる。

あるいは、「もう武士と関わるのはやめたほうがよい。百姓や樵《きこり》をしながら伝統の暮らしを守っていこう」という守旧派もいる。

人間の営みとして、これまた当然の話であった。


九州一帯に広がった菊池一族の各族長（長老）が、厳しい表情で互いの顔つきを窺い、皆で押し黙っていた。

そんな中、一人だけ活発に発言している者がいた。目を剝いて口から泡を飛ばし、腕を振り回しての熱弁だ。発言というより煽動に近い。

大津彦、里での名前は西郷小四郎《さいごうこしろう》、四十代後半の小豪族長、武家ふうにいえば国人領主である。西郷一族は菊池の分家としては大きな血族集団だが、大津彦はさらにその分流にあたる。

漆塗りの折烏帽子を被り、上方から取り寄せた絹の狩衣を着け、螺鈿で飾った黄金造りの太刀を脇に置いている。世俗での立ち回りが上手で、上納金など多額であるので、長老会議の末席に加えられていた。

鼻持ちならない成り金で、一族の中では毛嫌いされており、長老会に入れることを反対する声もあったが、大長老は「こういう才覚のある男も、一族の繁栄には不可欠なのだ」と言って他の長老たちを説得した。その大津彦が憑《つ》かれたように熱弁をふるっている。

「今こそ、菊池一族をあげて、徳川様にお仕えするときぞ！」

他の長老衆は、『またその話か』と、ウンザリ顔だ。大長老は眠ったかのように黙していた。

大津彦の独り舞台はつづく。

「菊池彦様が戻られた。皆も知ってのとおり、菊池彦様は服部の姫と縁づくおつもりじゃ。徳川の覇業を支えるご決心と見受けられるぞ！」

信十郎にはそんなつもりはさらさらないが、傍目には、そのように受けとめられても仕方がない。

大津彦は『親徳川派』である。持論は、『天下を取った徳川にすり寄るのが、なにより一番』であり、『秀忠の生母、宝台院（西郷局）は菊池の一族、ならば身を寄せるにしくはなし、必ずや重用してもらえる』である。

主張している内容自体は、間違っていない。

しかし、大津彦自身に人徳がないことと、野心が見え見えなので賛同者が得られない。

大津彦は、自分が徳川との仲介役となり、一族全体を徳川に引き込むことで、一族内での発言力を高めようと目論んでいる。大長老の座まで狙っていた。

こんな男に仕切られるのは真っ平だ、という理由で、反対者ばかりが増えていく。大津彦にとっては皮肉な話だが、本人がそれに気づいているのかどうか。

さらに菊池一族には、肥後加藤家との繋がりもある。

菊池の姫たちは清正の子を産み、そのうちの一人が清正の死後、当主となって肥後熊本五十二万石を統治している。肥後守忠広である。

菊池の血をひく殿や姫が、加藤家の次代を担っているのだ。加藤家に従っていれば、そこそこの栄華が保証されるのに、どうして遠く離れた江戸の、徳川なんぞに今さら頭を下げに行かねばならんのか。

しかも徳川は加藤家にとって潜在的な敵である。加藤家と徳川が手切れとなって開戦した場合、菊池一族も二つに分かれて戦うことになってしまう。

徳川家に仕えることはできない。それが一族の下した結論だ。大津彦は完全に孤立した。

のであったのだが——。

なんと、菊池彦本人が、徳川との縁を深めて戻って来たから、話は一気にややこしくなった。

「さすがは我らの菊池彦様よ。世の潮流がよく見えておられるわ」

大津彦は鬼の首を取ったかのように言い放った。

「西郷ノお局様を養育したのは三河の服部家じゃ！　菊池彦様と服部家の縁組みで、我ら菊池の西郷一族、ますますもって徳川と縁《えにし》が深まった！」

宝台院と服部半蔵家は、このとき敵対関係にあったのだが、幕府内の暗闘は厳重に秘されている。菊池一族が気づかないのも無理はない。いまだに親密だと思い込んでいる。

大津彦は孤立していたときの悔しさもあって、『ほぅれ見ろ』と言わんばかりに勝ち誇っている。

こんなふうだから一族内で孤立するのだが、性分だから仕方がない。

大津彦は「西郷ノお局様、西郷ノお局様」と連呼した。今は落飾《らくしょく》して宝台院だが、『宝台院様』とはけっして呼ばない。西郷家から天下人の母を出したことを強調したいのだ。

「服部の姫様のお袖にすがって、西郷ノお局様に取り入るのじゃ。これで菊池一族は安泰よ！　さすがは菊池彦様じゃ！　よい姫御前を選ばれた！」

「残念じゃったのう、大津彦。奏を菊池彦様に押しつけて、菊池彦様の舅《しゅうと》となる策は首尾よく運ばなんだようだのう」

長老の一人が悪《あ》しざまに皮肉った。数名の長老衆が含み笑いを浮かべる。

奏に派手な装いをさせ、男に媚びる術を学ばせたのは大津彦だ。他の長老たちに看破されたとおり、娘を使って信十郎を籠絡する計画だった。

だが。大津彦は鉄面皮にサラリと受け流した。

「わしの娘のことなど、この際どうでもよいわい」

本心である。本気で娘のことなどどうでもよくなっている。

『娘の婚儀はあくまでも私事。今は一族全体の行く末について議論している』とか、そういう真っ当な心根ではない。

舅になって菊池彦を操らずとも、菊地彦自身が徳川家と縁を持ってくれた。願ったり叶ったりである。娘を菊池彦に押しつけるにあたっての策謀や、金銭をばらまいての根回しが省略できて得をした気分ですらあった。

「菊池彦様がお決めになられたことじゃ。皆に否やはござるまい」

大津彦は、そう締めくくって、満面に笑みを浮かべた。

六

大津彦の館は里の北端に建っている。長老会で好き勝手に放言し、よい気持ちで帰館した。

館といっても隠れ里のことで、ちょっとした農家程度の粗末な造りだ。大津彦は財力にものを言わせて御殿を建築したかったのだが、さすがに菊池彦や大長老の館より大きな建物を造るわけにもいかない。

館の中では娘の奏がシクシクと泣きじゃくっていた。

「何があったのだ」

奏の侍女に訊ねる。失恋したから泣いているに決まっているだろうに、娘の気持ちを推し量るほどの感受性にすら欠けているのだ。

「菊池彦を迎えて酒盛りをやっておる。この大事なときに館に籠もって泣いておる馬鹿があるか！　ほれ、とっとと出かけて、菊池彦の気を惹いてまいれ！」

正室が無理なら側室でもいい。

「あ、そうそう。――服部の姫の機嫌を取るのを忘れるな。仲よくなって、我らの味方に引き込むのだぞ」

父の非情な言葉を聞いて、奏は、火がついたように号泣した。

さすがの大津彦も辟易として、奥の座敷に向かった。

奥の座敷の板敷きの上に、一人の男が座っていた。

巨漢である。肩の肉が厚く盛り上がっている。肩幅も広く、腰回りも太く、胡座をかいた両脚にも筋肉がモリモリと膨らんでいる。熊が座っているのかと見間違えてしまいそうだ。大兵肥満とはこの男のためにあるような言葉である。

眉は太く、眼窩は深い。巨大な両目を剝いている。

しかし、その眼差しは不思議に優しい。この静かな眼差しがよけいに熊を連想させるのかもしれない。大津彦をチラリと見上げて微笑んだ。

「娘御が、泣いておられるようでごわすな」

太い喉に似合いの太い声だが、物静かな口調であった。

大津彦はうんざりした表情で首を振った。

「なにゆえなのか、さっぱりわからん。騒々しくてかなわぬぞ」

「女心というものは、まっこと、掴みがたいものでごわすからな」

大津彦は巨漢の向かいに腰を下ろした。大津彦は小柄な男だ。身体の嵩は巨漢の半分ぐらいしかない。

「して、伝九郎《でんくろう》、何用じゃ」

熊男に呼びかける。伝九郎は機嫌よさそうに微笑んだ。

「菊池彦様がお戻りになられたようにごわすな」

「ふん、挨拶をしに来たのか。ご苦労なことよのう」

おのれの野心のために信十郎に接近しようと謀っている大津彦だが、一方で、信十郎の人気を忌ま忌ましく思ってもいる。一族のために骨を折っている自分が嫌われて、好き勝手に遊び回っているだけの若造が皆に慕われるなんて理不尽だ。

「お主までわざわざ薩摩から足を伸ばしてくるとは。いやはや、さすがは菊池彦様。ご威勢ますます盛んなことで結構結構」

西郷伝九郎は薩摩に土着し、今は島津家に仕えていた。

西郷一族は九州全土に広がっている。否、九州ばかりではない。宝台院の生家は三河の小領主だ。

伝九郎は、にこやかな笑みを浮かべながら首を横に振った。

「いいや。挨拶に来たのではなか。オイは菊池彦様の前に出ないほうがよいのじゃ。顔を覚えられたくはなかでごわすから」

大津彦は眉を顰《ひそ》めて、鋭い眼差しで巨漢を見上げた。娘心には鈍感だが、陰謀の臭いには鼻が利く。

「どういう意味じゃ」

伝九郎はにこやかに微笑みながら答えた。

「もしかしたら菊池彦は、オイの敵となるお人かもしれぬ」

優しい声音で容易ならぬことを言った。

「何を申しておる！　わかるように申せ！」

「うむ、そのことで来たとじゃ。大津彦、ワイに会ってほしい御方がおる。詳しか話はそのあとじゃ」

「その御方とやらに会えばわかる、ということか」

「ま、とりあえず、会《お》うてたもんせ」

伝九郎がずううんっと立ち上がった。大津彦は、巨漢の頭が天井板を突き破りはしないかと心配した。

宴はつづいている。伝九郎と大津彦は篝火の明かりを避けながら集落の外れに向かった。

熊のような巨漢は、闇の中ではさらに熊のような姿となった。意外にも敏捷だ。菊池一族は京畿の政権からは『熊襲《くまそ》』と呼ばれて蔑視されてきた。たしかに熊に似ている。もしかしたら先祖はみんなこのような姿だったのかもしれぬ、と、大津彦は思った。

集落を離れて一里（四キロメートル）も走る。谷川の水を集落に引き込む水門があった。巨大な石門の横に小さな影がうずくまっていた。

小柄で痩せた老尼僧である。白い帽子《もうす》を被り、細い杖を携えていた。

――こんな暗い場所によく平気でいられる。

と思ったら、どうも目が不自由らしい。二人の気配を察して立ち上がり、杖の先で道を探りながら歩んできた。

「連れてまいりもうしたぞ、蓮青尼様《れんしょうに》」

伝九郎が巨体を丸めて片膝をつき、低頭した。

「ご苦労にござった。隆邦《たかくに》殿」

尼僧は西郷伝九郎の名を実名で呼んだ。この時代の感覚では『呼び捨て』に近い。

よほどに身分の高い尼僧なのであろう。

「して、そちが……?」

尼僧が顔を向けてきた。目は見えないから視線を向けてきたわけではないが、意識を向けられたことがはっきりわかった。

伝九郎が首をひねって肩ごしに大津彦を見据えた。

「蓮青尼様は、西郷ノお局様の御側衆にごわすぞ。お局様のお言葉を伝えにみえられたのじゃ。礼儀ば直しもんせ」

「ははーっ!」

大津彦は身を縮めて平伏した。里の中での傲岸不遜ぶりからは想像しがたい卑屈さだ。

「西郷小四郎佑恒《すけつね》にございまする。爾後《じご》、お見知りおきを願いまする」

「大儀じゃ。蓮青尼である。見知りおけ」

「ハハッ。ご尊顔を拝し、恐悦至極にございまする。では、さっそく我が館へ。汚いあばら家なれど、できうるかぎりの歓待をさせていただきまする」

「たわけ! それができるならこのような場所に一人でおりはせぬわ」

叱責され、大津彦は慌てて低頭する。地べたに額がつくほどに頭を下げた。

「ははーっ！　軽率にございました！　お許しくだされませ」

菊池ノ里には至る所に一族の目が光っている。この周辺が警戒網にひっかからない限界であった。

蓮青尼は白い小さな顔を伝九郎に向けた。

「どこまで話したのか？」

伝九郎は太い首をすくめた。

「里の中では、どこに誰の耳があるかもしれもさん。じゃによって、何も伝えてはおりもはん」

「うむ。では拙僧の口より伝えるといたすか。聞くがよい、大津彦」

「ハハッ。心して承りまする」

尼僧は居ずまいを正し、見えない目で、大津彦を見下ろした。

「里に、菊池彦が戻っておるな？」

「いかにも、お言葉のとおりにございまする」

「その者、里の外では波芝信十郎と名乗っておろう」

「仰せのとおりにございまする」

蓮青尼の顔が、一瞬、夜叉のように歪んだ。

「その者は……、宝台院様の仇敵ぞ！」

「えっ……!?」

大津彦は、思わず顔を上げて、蓮青尼の顔を凝視してしまった。

「お、お言葉なれど――、西郷ノお局様は、我ら菊池一族にとっては頼る縁《よすが》にございまする！　なにゆえ、菊池彦が西郷ノお局様に仇成《あだな》さねばなりませぬのか!?」

「わからぬ。ゆえに我らも、あの男の正体を掴みあぐねておった」

信十郎の正体が菊池彦だったという事実は、蓮青尼にとっても意外であり、驚くべきものであったのだろう。

「だが。正体が知れた以上、そのままには捨ておけぬ。――大津彦」

「はっ」

「そなた、宝台院様と菊池彦、どちらにつく？」

「はっ!?」

蓮青尼は、見えない目で、大津彦を凝視している。

「肥後の西郷一族は、宝台院様と菊池彦、どちらに味方するのか、と、問うておるのじゃ」

大津彦の額に、ドッとばかりに汗が滲んだ。総身がわなわなと震えはじめた。

「それは……」

さしもの大津彦も即断できない。震えながら地べたに這いつくばるばかりだ。

――返答次第によっては、この場で殺される……！

伝九郎の顔が遙か上のほうにある。静かに含み笑いを浮かべているが、逞しい肩のあたりに剣の気勢が漲《みなぎ》っていた。返事の如何によっては一瞬にして抜刀し、大津彦の首を討ち落とす。そんな光景が予感できた。

七

二代将軍・秀忠の正室にして、三代将軍・家光の生母、お江与《えよ》は、鬱々として楽しまざる日々を過ごしていた。

今日も今日とて江戸城奥御殿の長局《ながつぼね》に閉じ籠もり、脇息《きようそく》に身を預けきって、袖を涙で濡らしていた。

「ああ、忠長《ただなが》……。なんと可哀相な子……」

家光が三代将軍に襲職した日からずっとこのありさま。延々と埒《らち》もない繰り言を呟いては、さめざめと泣き、あるいは癇癪《かんしやく》を起こす。

お江与が愛した息子の国松《くにまつ》、今は成人して甲府中納言忠長は、ついに、兄・家光に敗れ去った。将軍職が家光のものとなった以上、これからは一大名として、家光の膝下に屈して生きていかねばならないのだ。

「こんなことになるはずではなかったのに……」

子供の頃から利発で豪気。誰が見ても、忠長のほうが将軍に相応《ふさわ》しい器であったはず。

秀忠もお江与に同調して、国松を後継者にするかのような発言をしていた時期もあった。

しかし、もう完全に勝負はついた。可愛い忠長の完敗だ。

悔やんでも悔やみきれずに、ただ涙だけが湧いてくる。……といって、何を悔やめばよいのかは、お江与自身にもわからない。

母として、何かしてやれたことがあったはずだ、と思いつつも、何をどうしてやればよかったのかも、結局のところわからなかった。

オウオウと声をあげてお江与は泣く。

生き地獄である。

もし、お江与が農家のカカァでもあって、朝から晩まで働いていなければならない身分だったとしたら、あるいは労働に追われることで、悲しく悔しい気持ちを紛らわせることができたかもしれない。

ところが、お江与には暇な時間がたっぷりとあった。クヨクヨと悔やんで内省するだけの時間が無尽蔵にあったのだ。

不幸で悔しいことばかり考えて、そればっかりに耽溺《たんでき》している。この精神状態は、例えるなら、自分が掘った蟻地獄に自分から飛び込んでいくようなものだった。


お江与は天正元年（一五七三）、近江の戦国大名、浅井長政《あざいながまさ》の三女として生まれた。母はお市《いち》の方。織田信長の妹であり、戦国一の美女と謳われた女だ。お江与には二人の姉がいる。秀吉の側室となった茶々《ちゃちゃ》、京極《きょうごく》家に嫁いだ初《はつ》で、俗に『浅井三姉妹』と呼ばれた。

その浅井家は、お市の実家の織田家と開戦し、お江与が生まれたその年に滅亡した。生まれ落ちたその年に、早くも最初の悲劇に見舞われたわけだ。お江与、流転の人生の幕開けである。

祖父、父、兄は伯父の信長に殺された。お市と三姉妹は、浅井攻めの先鋒を担当していた秀吉に保護され、信長の元に送り届けられた。

浅井家の旧領は、浅井攻めで大活躍した羽柴秀吉の所領となった。

三姉妹は織田の領内で成長する。

そうこうするうちに本能寺の変が起こり、信長が横死する。父の敵《かたき》であると同時に平穏な暮らしを保証してくれる保護者が死んだ。またも不幸の兆しである。

天正十年六月、母のお市は織田家の重臣、柴田勝家《しばたかついえ》と再婚し、お江与は二人の姉とともに勝家の養女となる。勝家の居城、北庄城《きたのしょう》（のちの福井）での生活が始まった。

新しい保護者を得て、平穏な暮らしが戻ったかと思いきや、翌、天正十一年、織田家の後継者を巡る争いが勃発し、養父勝家は秀吉と合戦して完敗、北庄は火の海となった。

養父勝家と実母のお市は手に手を取って自害。火薬庫に火を点けて爆死して、遺骨すら残らなかった。

生涯二度めの悲劇である。

三姉妹はふたたび秀吉に保護される。

翌、天正十二年、お江与は秀吉の命により、佐治一成《さじかずなり》（当時の表記ではかつなり）と結婚する。

一成の母はお市の姉である。ともに信長の妹だ。つまり、いとこ同士の婚姻ということになる。ちなみに、現在の法律でも、いとこ同士の婚姻は合法である。近親婚には当たらない。

十一歳の花嫁だが、この時代には珍しいことでもない。ままごとのような新婚生活が微笑ましく始まった。

ところが。

保護者であった秀吉と、織田家の後継者、織田信雄《のぶかつ》とが対立し、ついに戦闘状態に突入した。小牧長久手の戦いである。

佐治家は信雄に味方して秀吉と断交。

ところが信雄は秀吉に降伏する。

秀吉の怒りを買っていた佐治家は所領没収。お江与は秀吉に引き取られた。

秀吉という男は冷酷な独裁者ではあるが、人情は細《こま》やかで愛情の豊かな人である。矛盾しているようだが、別に珍しくもない性格だ。溢れる愛情を他人に押しつけて、煙たがられると激怒するような人間はどこにでもいる。

秀吉は彼なりに、三姉妹を愛していたように思える。ここぞと見込んで佐治家にお江与を嫁がせたのに、まんまと裏切られた秀吉は、「他人は信用できん」とばかりに今度は甥の羽柴秀勝《ひでかつ》に嫁がせた。

文禄元年（一五九二）お江与十九歳。二度めの結婚である。

今度は本物の新婚生活が始まった。お江与は初めての子を懐妊する。のちの九条《くじよう》忠栄《ただひで》室、完子《さだこ》である。

ところが。なんと秀勝はその年のうちに病没してしまった。文禄の役で朝鮮に出陣し、現地で身罷《みまか》ったのだ。

かくしてお江与は秀吉の元に戻ってきた。大気者《たいきもの》の秀吉も、ちょっとは驚いたことであろう。思えばお江与を保護するのは、浅井家の滅亡時、柴田家の滅亡時、佐治家の改易時につづいて四度めである。

悪運の神様が取り憑いているのか、さもなくばお江与本人が死神なのか、どちらかだ。

今度こそ、と意気込んで、秀吉が選んだ再々婚相手は、徳川家康の総領息子の秀忠であった。

文禄四年、お江与は徳川家に輿入れした。新婦は三度めの結婚の二十三歳。当時としては姥桜。新郎は十六歳。

これでは頭が上がるはずがない。

しかも、お江与は実質的に天下人の養女であり、一方、徳川家はこの当時、秀吉配下の一大名であった。

年上で、結婚生活に慣れており、しかも天下人からの下され物だ。最初から勝負は見えている。

あるいは。このときの新婚生活で夫を軽んじる癖がついてしまい、夫が天下人になったのちも改めることができなかった、ということが、お江与の最大の悲劇なのかもしれないのだが――。

とにもかくにも、このように浮き沈みの激しい有為転変《ういてんぺん》の人生を送ってきたのが、お江与という人間である。

それゆえに何者も信じられず、何もかもを不幸なほうへ、悲惨なほうへと考える。今は天下人の妻として、何不自由のない生活を送っている。だが、その幸せまでもがおぞましい。幸せを満喫すればするほど、揺れ戻しが大きくなりそうで不安なのだ。いつなんどき、不幸が我が身に返ってくるか、それが案じられてならない。

それは戦乱の世を生きたすべての人々を悩ませた不安ではあろう。楽天的に乗り越えるか、絶望して出家でもするか、危機に備えて軍備やその他を蓄えるか、対処はいろいろである。

だが、お江与は、あまりに高貴な身分に生まれついてしまったがゆえに、自分の意志では何もできない。『偉い人』というのは一種の神輿《みこし》であって、自分の意志とは無関係に、どこかへ担がれていってしまうのだ。

これは考えようによっては、とてつもなく恐ろしいことである。お江与が狂いかけているのには、そういう理由がある。

障子が締めきりになった長局には、お江与を除けば誰もいない。お付きの侍女たちも姿を隠している。

こんなときのお江与にうっかり関わったら大変なことになる——ということを皆、知っているのだ。泣いているだけなら鬱陶しいだけで無害だが、突如として激怒したりするから始末に困る。

だが。

障子をスルスルと押し開けて、忍び足で入ってきた者がいた。粗末な単《ひとえ》を細帯で締めている。丈が短く仕立ててあって、裸足の脛が覗けていた。

肉体労働に従事させるため雇われた下女であった。大奥制度が確立したのちには『お犬』という差別的な名称で呼ばれることになる身分の下女だ。

しかし、この下女の表情には身分に由来する卑しさはまったくなかった。逆に、なんとも言われぬ晴れやかさがあった。けっして美人ではないが、まっすぐな心根が表情に現れている。胸中には確かな喜びまで抱いているようにも見えた。

下女は下座に拝跪して、一礼した。

「御台様《みだい》」

二代将軍の正室に対して、臆することなく、明瞭な声で呼びかけた。

お江与は顔を上げ、初めて気づいた、というような顔で、下女を見た。

「おときか」

お江与の顔に塗られた白粉が滂沱《ぼうだ》の涙で溶けている。頬には何本もの涙の筋がこさえられていた。直視に堪えぬ珍妙な顔であったのだが、おときは生真面目な顔でお江与の視線を受けとめ、そして拝礼した。

「ロドリゴ神父様がお見えになっておられまする」

お江与はハッと表情を変えた。

「なんと、パードレが」

「あい。御台様がおふさぎとのお噂を耳になされ、足を運ばれてまいらせたのでございましょう」

お江与はしゃんと背筋を伸ばして座り直した。

「すぐにまいります。そのほう、身繕いを手伝ってくりゃれ」

「あい」

おときは畏《おそ》れる様子もなくお江与の傍らに歩み寄ると、化粧道具を並べはじめた。

「なれど御台様。パードレ様は清貧を尊ばれまする。あまり華美な装いは慎まれまするよう」

「うむ。そなたの申すとおりじゃ。よきように計らえ」

あのお江与が素直に他人の意見に従っている。このありさまを秀忠や、他の侍女たちが見たら仰天するであろう。

簡素に身支度を整えたお江与は、おときの先導で江戸城吹上《ふきあげ》の外れ、桜田堀の堀端に出た。

江戸城のある場所はもともと、江戸湾に突き出した岬の小山であった。この当時も岬の面影は残っていて、自然の雑木林があちこちに散見された。家康の廟が置かれた紅葉山などは、その名のとおりの紅葉の名所である。

自然木や竹林をあえて残すのは籠城の備えでもある。木は城壁・館の修復や逆茂木《さかもぎ》などの障害物の構築に必要だし、竹は楯や矢を作る際に必要だった。

この当時はまだ、江戸城は整備工事の途上である。本丸がようやく完成したばかりだ。桜田堀の周辺はほとんど手つかずの状態で、見張りの姿も見られない。

おときとお江与は、淮木の陰に身を隠すようにして進んだ。

濠際の土塁の下に一軒のあばら家が建っていた。城の番衆が休憩したり野営したりするための小屋だ。二人は小屋の入り口の筵《むしろ》を捲って中に入った。

信者たちに取り囲まれ、上座に座っていた黒衣の男が顔を上げた。

「これは、ミダイ様」

赤毛を長く伸ばしている。同様に赤い髭が頰から顎にかけてを覆っていた。

額は広く、眼窩は深く、鼻は隆々として高い。瞳の色が灰色がかっている。一目で南蛮人と知れる容貌だった。

信者は皆、奥に勤める女たちだ。お江与の出現に驚き、慌てて平伏してお江与のために道を開けた。

お江与は首を横に振った。ロドリゴ神父も立ち上がり、上座へと誘った。

「デウス様の前では平等なる我ら。妾《わらわ》も皆と同じように扱ってくださいませ」

と、ロドリゴ神父を上座に据えて、腰を下ろした。

もっとも、下女たちのあいだにズカズカと割って入り、ロドリゴ神父の真っ正面にドッカリと席を占めたのだが、しかし。この当時、お江与ほどに高貴な身分の者が、下女たちと肩を並べて席に着くこと自体が奇跡的なことではあった。

ロドリゴ神父は、慈父の微笑みを浮かべてお江与を見つめ、心から満足そうに頷いた。

「ミダイ様がお越しくださったこと、とてもとても嬉しいです」

たどたどしい日本語だ。しかし、真心が溢れんばかりに籠められている。

城に仕える者たちが、お江与に真心をもって接してくれることなど絶無である。江戸城は面従腹背、狐と狸の巣窟なのだ。

お江与は久方ぶりに、心の底から微笑み返した。

心を病んだ人間にとって宗教とは、時に、劇薬のごとき効き目を及ぼすことがある。お江与にとっては、ロドリゴ神父の説話がまさにそれだった。

「自分は身分が高いのに、どうしてこんなに不幸なのか」という問いに、神父は明確な答えを出してくれた。

「偉いのは神で、あなたは人間。だから、迷いがあるのは当然だ」

生まれて初めて『謙虚に生きる』という概念を教えられたお江与は、それこそ人格が入れ代わるほどの衝撃を受けた。

そればかりではない。

秀吉も、家康も、秀忠も、にっくき斉藤福《さいとうふく》も、皆それぞれに想い迷っている人間なのだ。そう考えれば、ちょっとは許せるような気持ちにもなった。

人を許す、という行為は、自分の心に宿った憎しみを洗い流す行為でもある。お江与の心はすこしだけ、軽くなった。


江戸にはキリシタンがたくさんいた。この江戸城内にも。

容赦のないキリシタン弾圧政策を展開した徳川幕府であったが、最初は家康自身が宣教師を江戸に招聘したのである。

火縄銃を打つには火薬が必要だが、火薬の原料のひとつ、硝石は日本にはわずかしか産出しない。海外からの輸入に頼らざるをえなかった。

ゆえに、イスパニア（スペイン）やポルトガルの商船を招きたいのだが、相手も然《さ》る者で、貿易の条件に、『キリスト教布教の許可』を求めてきた。

実はこの当時、イスパニア・ポルトガルの両国は、ローマ法王から『世界じゅうすべての国々をキリスト教国に改宗させること』という命令を受けていた。

法王庁からみれば神聖な使命だが、異教徒からみれば侵略だ。

スペイン人やポルトガル人は、真摯に、謙虚（神に対しての謙虚だが）に、野蛮人どもの魂を救済してあげようと頑張っていた。

野蛮人たちからすれば、とんでもなく煩《わずら》わしいお節介焼きである。

そのうち、法王庁から余計な命令を受けていないオランダ人が来航するようになり、布教抜きの交易ができるようになったので、家康はスペイン人、ポルトガル人と断交する決意を固めた。

だが、その頃すでに、江戸や徳川領の一帯では、驚くほど多数の者がキリスト教徒に改宗していた。研究者によると、全人口の四分の一がキリシタンだったのではないか、とされているほどである。

当然、領民ばかりではなく、旗本や譜代大名の中にも入信する者が出てくる。家康の六男、忠輝《ただてる》までもがキリシタンに帰依《きえ》してしまった。

家康は仰天した。

二十代の頃、家康は、宗教一揆との戦いに明け暮れていた。忠実な家臣たちまでコロリと寝返り、家康を仏敵と決めつけて攻撃してきた。

そのときの恐怖と不快感は忘れられない。

このままではキリスト教一揆との戦いとなる、日本を乗っ取られてしまう。と、ローマ法王庁の思惑を正確に見抜いた家康は、断固としてキリシタン弾圧を開始した。

弾圧は家康の死後もつづいている。

しかし、いったん入信した信者が、そう簡単に棄教できるはずもない。

かくして。この江戸城内でも隠れミサが開かれている。城門を守る番衆の中にもキリシタンはいたので、パードレの入城も可能だったのである。

ミサが終わった。信者たちはパードレの福音を受けて去り、お江与と侍女のおときだけが残された。

ここからはやや生臭い、政治向きの話である。

「ニダイサマ――、いいえ、オオゴショサマのお考えは、変わりませぬか」

お江与は悲しげに首を振った。

「我が夫は、徹頭徹尾、異教徒にございますから……」

「それは困りました」

パードレは嘆息した。

イスパニア政府は日本との交易を再開すべく外交努力をつづけていた。

なにしろ日本はゴールドラッシュ、シルバーラッシュの真っ最中。世界有数の富国である。人口も多く、マーケットとしても有望だ。

イスパニアは日本との交易で得られる富を当てにして、東アジアの植民地を経営していた。日本との交易が断たれたままでは植民地が維持できない。

余談だが。このころ在位していたスペイン王は名をフェリペと仰《おつしや》る。英語読みならフィリップだ。スペイン人は東アジアに獲得した領土にフェリペ王の名を冠した。フィリピンがそれである。

このままではフィリピンを含め、アジアのイスパニア領が崩壊する。フィリピンのヨーロッパ化など夢のまた夢となろう。

イスパニアには、法王庁から授けられた神聖なる使命がある。日本側が提示した「布教抜きの交易なら歓迎」という条件を呑むことはできない。神に対する裏切りになってしまうからだ。

本心では、日本も交易は維持したいと思っている。ゆえに。外交交渉は異様なまでに白熱し、限界ギリギリの条件を双方が模索していた。

パードレ・ロドリゴが命の危機をも省みず、江戸城に潜入したのには、お江与と連絡を取りたい、という思惑もあったのである。

「新しく将軍におなりになった、サンダイサマはいかがです。キリシタンに寛大ではございませんか」

「いいえ」

お江与は悲しげに顔を伏せた。

ロドリゴはグイッと顔を近づけてきた。

「母親のあなたが説得すれば、キリシタンに心を開くのではありませんか」

「あの子はもはや、妾の手を離れております。妾の言《げん》には従いますまい」

他の者の前なら激怒して言い放つであろうお江与だが、ロドリゴの前では涙とともに告白した。

「オオ。わたしはミダイ様のお心を乱しました。お許しください」

ロドリゴは慌てて詫びた。

高貴な身分の者は家族愛が希薄だ。あるいは本人たちがどれほど愛し合っていたとしても、家臣たちの思惑に振り回され、敵対を強いられることも珍しくない。

この点だけは、イスパニアも日本も同じだ。驚くほど似ている。とロドリゴは思った。

肌の色や言語は違っても、皆、アダムとイブの子孫なのだから当然なのかもしれないが。

「サンダイサマを説得するのは難しいですか。困りました」

「妾はよきキリシタンではないのかもしれませぬ……」

「なぜ、そのようなことを言いますか」

「キリシタンとしての努めが足りないのです」

「そのようなことはありません。けっして」

ロドリゴはお江与の肩にそっと手を載せた。

「この国で、一夫一婦を守ることがどれほど困難なことか、わたしたちは知っています。あなたはよきキリシタンです」

おのれの辛い立場や、辛苦を理解してもらえる——ということが、これほどに嬉しいことであったのか。

お江与は滂沱《ぼうだ》の涙を流した。

お江与は、生涯、夫の秀忠が側室を持つことを許さなかった女である。

側室の身分は『正室の女中』であり、正室様が許しを与えねば側室となることはできない。そういうしきたりだ。

お江与は二十二歳で秀忠と結婚し、三十一歳で家光を出産するまで、男子に恵まれなかった。

これは、徳川家に正嫡が存在しない、家康の嫡孫が存在しない、という期間が九年もつづいた、ということを意味している。

徳川の家臣たちにとっては大問題だ。

戦国時代のきっかけとなったのは応仁ノ乱だが、この戦争は、時の足利将軍、義政に、長らく嫡子ができなかったことが原因で起こった。

徳川家に嫡子が生まれぬ——ということは、応仁ノ乱の再来を予感させる凶事であったのだ。

当然、誰しもが『側室』を考える。当時としてはそれが社会の一般常識だ。

しかし、お江与は「うん」とは言わなかった。

一夫一婦制が当たり前の社会で育った我々には、お江与がどれほど不思議な人間であったのか理解するのは難しい。お江与の選択は『正しい』からだ。

しかしここはいったん、安土桃山から江戸時代の時代感覚で瞥見しなければならない。

徳川家が潰れることも厭《いと》わず、天下が混乱する危険をも省みず、一夫一婦にこだわりつづけた女。何かの狂信が臭ってくる。

さらにお江与は、娘の和子を後水尾帝に入内《じゅだい》させるにあたって、帝が、およつ御寮人を鍾愛し、先に皇子を産ませたことにも激怒した。

この時代は一夫多妻の社会なのである。皆がそれで『当たり前だ』と思っている。一夫一婦という概念自体が存在していない。もちろん一夫一婦の夫婦はいたが、それはその夫婦の選択で、法律や道徳で縛られた結果ではない。

それなのに、お江与だけが一夫一婦に異様な執着を見せている。

いったいそれはなぜなのか。


「ミダイ様は、よきキリシタンです。わたしたちは知っています」

ロドリゴはお江与の肩を優しく撫でた。

「わたしたちはサンダイサマに賭けていました。新しい将軍がわたしたちに微笑みかけてくれるのではないかと……。しかし、それもかなわぬ夢であったようです」

ロドリゴは天を見上げて嘆息した。

その瞬間。

お江与の脳裏に曙光《しょこう》が差した。まさに、そのように感じられた。これは天啓なのではないか、と、お江与は思った。

「パードレ！　希望は、まだあります！」

ロドリゴは、お江与の熱狂的な声に驚いて、顔を向けた。

「希望とは、なんです」

お江与はロドリゴの両手を握りしめた。

「わたしの息子の忠長です。あの子なら、必ずや、この母の言葉に従ってくれましょう！」

「フム……。甲府中納言様が我々の後ろ楯となってくださる──というのですね」

「いいえ！」

お江与は、狂信者の目つきでロドリゴを熱烈に見つめ返した。

「家光を倒し、忠長が将軍となれば、この国はデウスの御国となりましょうぞ！」

ロドリゴは真正面からお江与の視線を受けとめた。

キリスト教徒を増やして、その国を乗っ取る──という行為は、四世紀にローマ帝国を乗っ取ったときからつづくキリスト教のドグマだ。

ナザレに生まれた宗教は、そのようにして全ヨーロッパを、中南米を支配した。異教徒たちを救済したのだ。彼らにとっては絶対の正義である。

ゆえに、お江与に「力を貸せ」と言われれば、否やはまったくない。

その過程で異教徒たちはもちろん、日本人のキリシタンもたくさん死ぬこととなるであろう。しかし、これは聖戦だ。恐れることなど何もないのであった。

第三章　キリシタン

一

年が明けて元和十年になった。

旧暦であるから正月は『春』である。しかしまだまだ寒い日はつづく。

信十郎は平戸にいた。海岸線の入り組んだ天然の良港である。異国の船が何艘も停泊している。

港を見下ろす坂の上に明国風の館が建っている。軒の跳ね上がった瓦屋根と朱色に塗られた円窓が特徴的だ。

その窓辺に信十郎の姿があった。椅子というものに腰掛けてボンヤリと港を眺めていた。

実は。地面は丸いのだ――という。その球体の反対側に南蛮人（イスパニア・ポルトガル人）や紅毛人（オランダ人）の国があるのだという。

平らにしか見えない地面が円弧を描いて撓《たわ》んでいるとは、どういうことなのであろう。どのくらいの距離を移動すれば、その撓みが実感できるのであろうか。

一年前の冬は出羽国にいた。最上家改易騒動の後始末に走り回っていた。その後、家光の上洛に従って京まで行き、そして肥後に帰って来たのだが、その旅のあいだ、地面が丸いと感じたことなど一度もなかった。

考えれば考えるほど、頭がクラクラしてくる。

――南蛮とは、よほどに遠い所にあるのだな……。

地面の撓みの向こう側から、はるばる日本を訪《たず》ねてくる者たちがいる。その活力には敬服するばかりだ。

桟橋に鄭芝龍のジャンクが停泊している。すこし離れた場所にはイスパニアの船とオランダの船が停泊していた。

明国船《ジャンク》は一目でわかるが、南蛮人たちの船は見分けがつかない。

鄭芝龍の話では、明人倭寇もイスパニアもオランダも仇敵同士で、外洋では大砲を撃ち合ったり、相手の船に乗り込んで積み荷を略奪したりなどするらしい。しかし、日本の港でそんなことをしたら入国禁止をくらってしまう。皆それぞれに仲むつまじく、舳先を並べさせていた。

ドカドカとけたたましい足音が響いてきた。

「おぅ、待たせたばい」

鄭芝龍が部屋に入ってきた。挨拶もそこそこにドッカと腰を下ろし、卓上の壺を傾けてギヤマンの杯に酒を注ぎ、一息に呷《あお》って「ふぅーっ」と息をついた。

信十郎は「この飲みっぷりはキリとよい合口《あいくち》だ」と、思った。

「どうじゃ、これ、よかろうが？」

と、黒塗りの机を撫で回す。

「南蛮人から買うたばい」

「うむ。しっくりくるな」

信十郎は同意した。

日本の机の規格は日本人の体格に合わせてあるので、身の丈六尺の信十郎には窮屈だ。その点、南蛮人の体軀に合わせて作られたテーブルとチェアは快適であった。

「去年の暮れにくさ、英吉利《イギリス》が平戸の商館を引き払いおったとよ。それで、調度やら食器やら、いろいろ売りに出されておってくさ、買い占めてやったと。欲しければ一揃え、菊池に送ってやるばい」

信十郎は苦笑いした。南蛮の産物などを菊池ノ里に持ち込んでも、喜ぶのは大津彦ぐらいで、あとは皆、白い目で眺めるだけであろう。

「イギリスというのは、どこにある国なのだ」

「オランダの北にある島国たい。小さな国ばい。日本まで来るのはどだい無理な話たいね」

日本に産出される金銀を目当てに、ヨーロッパ諸国はこぞって貿易船を送ったが、それだけに競争が激しく、イギリスは早々に脱落してしまった。

イギリスを追い払ったのは徳川政権などではなく、イスパニアとオランダと明人倭寇の海軍力だ。イスパニアはフィリピンに、オランダは台湾に、明人倭寇は日本に基地を構えている。イギリスには太刀打ちできなかった。

「それでは、しばらくのあいだ、イスパニアの天下はつづきそうだな」

スペイン王はポルトガル王位も継承し、両国の海軍力を縦横に行使している。世界の海はスペイン王のものであった。

いずれは新興国オランダも駆逐して、日本との貿易を独占するであろう。

ところが。

「それが、そうでもなか」

鄭芝龍は首を横に振った。

「イスパニアは江戸の大君《タイクン》に嫌われとるばい。大君は、オランダ船やオイたち明人でも、イスパニアの代わりが務まることを知っとるばい」

「追い出されるのはイスパニアのほうだ、ということか？」

「そげんなことになろうたいね。……それで、シンジュウロを呼んだばい」

「なにゆえ」

信十郎は訊ね返した。最近、『〇〇を救ってくれ』と分不相応な依頼をよく受ける。今度は『イスパニアを救ってやってくれんね』などと無茶苦茶な頼みごとをされるのであろうか、と、身を引き締めさせて警戒した。

そのとき、

「旦那様」

部屋に通じる通路から、若い女の声がかかった。

「おぅ、来た来た」

話の途中だが、パッと表情を綻ばせた鄭芝龍が、飛び跳ねるようにして椅子を離れた。入り口の間口の陰から一人の娘を引っ張り出した。

「オイの女房たい」

楚々とした美貌の娘が、はにかんだ笑みを浮かべて一礼した。

日本人なのだろう、和装を着こなしている。が、豊かな黒髪は唐人ふうに結い上げていた。

アンバランスでエキゾチックで、遊び女がよくする風俗だ。が、理知的な眼差しが志操堅固な光を宿している。遊び女特有のだらしなさとは無縁の女であった。

「松《まつ》と申します。波芝様のことはウチの人からよう聞かされております。今後はウチの人同様、よろしくお頼み申します」

「これは——」

野人育ちの信十郎は、慌てて立ち上がって、ぎこちなく挨拶を返した。

「どげんな。よか女子《おなご》じゃろう」

鄭芝龍はお松の肩に手を回し、満面をだらしなく綻ばせた。お松も嬉しげに見つめ返して微笑んでいる。鄭芝龍のあけすけな愛情表現にも動じない。国際都市・平戸で生まれ育った女ならではだ。

松は生粋の日本人で、のみならず武士の娘である。父の名を田川七左衛門《たがわしちざえもん》といい、平戸藩松浦《まつら》家の藩士だった。

平戸の松浦家は武家ではあるが、その歳入の大部分を貿易に依《よ》っていた。荘園（農園）の開墾、管理者から生じて、それゆえに農地からの年貢に頼る武装勢力を武士と呼ぶのだとしたら、この生き様は明らかに武士のものではない。

実質、貿易商社である。貿易立国ならぬ貿易立藩であるから、取引相手の明人倭寇は下にも置かれない。誇り高い（はずの）武士の娘が異国人の海賊の妻になった背景には、松浦家の御家事情が絡んでいた。

ちなみにこの松浦家からは、のちに清《きよし》が出る。隠居後に静山《せいざん》を名乗り『甲子夜話《かっしやわ》』を書いた文人大名だ。さばけた人柄は御家の伝統であろうか。

「シンジュウロが嫁ば貰うたと聞いてくさ、オイも負けてはおられんばいと思うて、見つけた女房ばい」

鄭芝龍が肩をそびやかしている。

そんな理由で結婚するのもどうか、と思ったが、本人たちが幸せそうなので、あえて何も言わなかった。

「そうじゃ、忘れるところだったばい。もう一人、シンジュウロの客人が来ておったとたい」

鄭芝龍が目を向けると、一人の男が入ってきた。

今度の空気は重い。その男の身体から放たれる威圧感によるものだ。短軀ながらに恰幅がよく、なかなかの貫禄を見せつけている。

丸い頭のふくよかな顔がニヤリと意味ありげに笑った。

信十郎は愕然とした。

「渥美屋《あつみや》——服部庄左衛門《しょうざえもん》殿⁉　なにゆえ、ここに……」

庄左衛門は商人らしく慇懃に、しかし眼光鋭く見据えたまま、丁寧にお辞儀をした。

「ご一別以来でございましたなぁ、波芝様。お元気そうでなによりのことや。あのあともたいそうなご活躍だったとか、風の噂で耳にいたしておりまっせ」

「風の——」

堂々としらを切るのは伊賀者だからか、商人だからか。

配下の伊賀者を張りつけていたのに違いないのである。信十郎とキリの行状から目を離す庄左衛門ではない。

渥美屋庄左衛門こと服部庄左衛門は、表向きには、京橋に居を構えた大店《おおだな》の主であった。

だが、その実態は徳川に仕えた伊賀者の実質的な頭領だった。服部半蔵家が家康の手で取り潰されたのち、庄左衛門が影から伊賀者を指揮してきた。半蔵の孫娘、キリの扶育も経済的に支えた。

ところがそのキリが、半蔵家を潰した徳川宗家に復讐するため、秀忠、家光、忠長暗殺を謀ったことから、微妙な立場に立たされる羽目に陥った。

事態は収拾つかないほどに混乱し、ある意味で今もって収拾がついていない。

庄左衛門は渥美屋を畳んで行方をくらませた。そのとき以来、信十郎の前には姿を現していなかった。

「今はご公儀の命を受けて、糸割賦《いとわっぷ》の差配をさせていただいておりますのんや」

鄭芝龍と田川松とのあいだに立ち、親密げな笑みを見せつけてくる。

「ほう、なるほど、生糸の貿易を始められたのですか」

信十郎は納得した。庄左衛門なら生糸の売買にも辣腕を発揮するであろうし、外国の事情を探索するのも、お手のものだろう。

糸割賦とは、外国から輸入される生糸を幕府が独占的に商うという貿易制度のことである。

中国で生産された生糸を日本に輸入するのであるが、初期は、外国人貿易商に言い値をつけられ、日本側は大損を被《こうむ》った。

しかし。イスパニア、ポルトガル、オランダ、イギリス、明人倭寇などの競争が激しくなるにつれ、生糸の値は下がり、また海上での戦闘も激化してきて、貿易商たちも辟易としてきた。

そこで家康が辣腕を発揮して『糸割賦仲間』をつくらせ、独占貿易で双方に損が出ないように図ったのだ。

糸割賦に参加できる貿易都市は、徳川家の天領に限られていたが、例外として平戸松浦家も参入を許された。

もっとも、松浦家としては、自由貿易時代のほうがはるかに儲かっていたはずで、徳川家からの損失補塡としての糸割賦は、旨味の少ないものであったらしい。しかし、公儀渥美屋庄左衛門は、江戸京橋の太物屋《ふともの》として糸割賦に参加している。しかし、公儀から受けた御下命は、松浦家と諸外国貿易商の監視であるのに違いない。

三人はテーブルに着いて、南蛮の酒を酌み交わしあった。が、久しぶりの再会を笑顔で祝す雰囲気ではない。一癖も二癖もある男たちが集められたのだ。

鄭芝龍は淡々とギヤマンの杯を傾けた。

「江戸の大君がなんと言おうと、イスパニアは日本から離れるつもりはなか。考えうるかぎりの手を尽くしておる最中ばい」

鄭芝龍は、この男にしては珍しく、笑みを引っ込めて鋭い眼差しを据えた。

「沖海で、イスパニアの船が、なにやらコソコソとやっとるばい」

信十郎も釣られて声を低くさせた。

「なにやら、とは？」

「言葉もろくに通じぬ相手のことばい。よくはわからん」

やたらと智恵の回る鄭芝龍にしては粗忽な反応である。あるいは隠しておきたいことでもあるのか。庄左衛門の前であるから、自分たちの諜報能力を知られたくはないのかもしれない。

代わりに庄左衛門が答えた。

「我らも怪しい動きは摑んでおります。深夜、闇に紛《まぎ》れて小舟を使い、荷上げをしておるようで」

「なんのために」

鄭芝龍が鼻を鳴らした。

「まっとうな商いなら、わざわざ闇夜に荷揚げするごたなか。おそらく、運んできた荷も、それを受け取った側も、表沙汰にはできん裏を抱えとるばい」

庄左衛門も頷く。

「しかとは申せませぬが、一揆の手配ではなかろうか、と思うております」

「一揆⁉」

この時代の一揆は、百姓が筵旗を立てて練り歩くようなものではない。というかあの姿は、二十世紀のストライキからイメージされたもので、スローガンを書いた筵旗を掲げてシュプレヒコールする百姓、などというものは江戸時代にも存在しない。

この時代の一揆は、武装集団が蜂起して政権転覆の武力闘争をすることだ。内戦と何も変わらない。内戦そのものだ。

戦国時代そのものが巨大な一揆であった、とも言える。『下克上《げこくじょう》』とは階級闘争のことだ。実際、百姓の秀吉や土豪の家康が天下を取った。

「キリシタンの一揆か！」

「おそらくは」

「オイたち倭寇も、そう見ちょる」

二人が同意した。

「どこに荷揚げをしているのです」

するとニ人は、一瞬、意地悪そうにほくそ笑んだ。

「加藤家のご領内たい」

「小西行長《こにしゆきなが》様の旧領でございますよ、波芝様」

「なんと……！」

信十郎は絶句した。

二人は同時にニンマリとした。いつもすましかえっている信十郎の驚いた顔が見られて満足そうだ。この二人には、こういう稚気がある。

が、笑っている場合などではない。

肥後国（熊本県）南半国はかつて、キリシタン大名・小西行長の領地であった。

小西家は関ヶ原の合戦で西軍につき、敗れて領地を取り上げられた。その遺領を丸々手に入れたのが加藤清正であった。加藤家の石高は二十四万石から五十二万石に倍増した。

だが。

キリシタン大名の領地には、当然、キリシタンが多く住んでいる。一方、清正は熱烈な法華経信者だ。旗印に『南無妙法蓮華経』の題目を染め抜いているほどである。

清正は強権をもって臨み、キリシタンの領民を弾圧した。

キリシタン領民との軋轢《あつれき》は、いずれ避けられぬところではあった。それが宗教対立というものだ。

仮に、家康や清正が熱烈なキリシタンだったとしたら、彼らは『仏教徒』を弾圧し、殺しただろう。

どちらかが正義の宗教で、どちらかが悪の宗教であるわけではない。

弾圧されたキリシタンたちは、力で押さえ込まれてはいるが、けっして屈伏したわけではあるまい。キリシタンの中には小西家に仕えた侍や足軽が山ほどいる。指揮能力、作戦立案能力に長《た》けた元・侍大将だっている。

イスパニアが彼らを援助して、武器弾薬を手渡したらどうなるのか。

信十郎には想像もつかない。それくらいの大騒動が勃発する。

しかも、キリシタンは九州一円にだけ、いるわけではない。江戸周辺の徳川家領にもごまんといるのだ。将軍のお膝元でキリシタンが同時に蜂起したら、幕府はその対処で手一杯となり、九州にまで援兵を送ることはできないだろう。

――これは、天下の大乱となる！

信十郎はそう確信した。

「とまぁ、そういうことばい。気をつけるがよか」

鄭芝龍は杯をクイッと呷ると、景気よさそうに立ち上がった。

「さぁて、深刻な話はここまでたい」

合図を送ると明国人の楽人と踊り子たちが入ってきた。鄭芝龍の性格に相応《ふさわ》しい、騒々しい一団だった。

早くも鄭芝龍は踊りはじめている。

二

柳生兵庫助利厳《ひょうごのすけとしよし》は浅い眠りから覚めた。

尾張名古屋、三ノ丸廓内の拝領屋敷。

兵庫助は尾張徳川家に剣術指南役として仕えている。屋敷内には新陰流三世宗家としての稽古道場も建てられていた。

藩主義直から拝領した敷地は千数百坪もある。道場を建てても十分に余裕があったのだ。

屋敷奥向きの寝所。まだ深夜である。薄暗い壁と襖が見える。欄間から差し込んだ月光によって畳が青白く照らされていた。

兵庫助は一瞬、自分がどこにいるのかわからなかった。今まで見ていた夢が、あまりに鮮明だったからだ。

夢の中の兵庫助は、なぜか、二十代の若者であった。そして、肥後国の峨々《がが》たる山地を駆けずり回っていた。

片手には抜き身の血刀。全身に返り血。歯を食いしばり、息を切らし、必死の形相で小さな背中を追っていた。

兵庫助は大きく溜め息をついた。

——夢など見たのは、何年ぶりのことであろう……。

しばし、布団の上で呆然とする。

一般的にスポーツマンは夢を見ない傾向にある。兵庫助も同様で、眠りが大変に深い。

剣客が夢の中で何かを見たり、閃《ひらめ》いたりして奥義を開眼する——などという話はよく聞くが、それは極端な荒稽古で心身のバランスが崩れているからこそ起こる現象だ。

一種の病的な状態を自分の意思で作り出しているのである。

柳生宗矩や針谷夕雲《はりがやせきうん》など、江戸期の剣客たちは、そういった荒稽古に頼る開眼を『畜生働き』などと呼んで否定した。無茶な稽古ではなく理詰めで剣の道を探求する、そういう時代に入っている。

とにもかくにも兵庫助は夢を見た。衝撃的な内容で、肌にべったりと気持ちの悪い汗が浮いていた。

――あれは二十一年前、肥後での出来事であったな……。

遠い昔の話だと思っていた。ほとんど忘れかけている。ここ十年ばかりは、思い返すことも絶えてなかった。

――それなのに、なぜ、今頃になって夢にまで見る?

兵庫助は日本屈指の剣客だ。五感は超人的に鍛えられている。多くの剣客との果たし合いや交友で、超常的な第六感（超能力）もしばしば目にしてきたし、自ら体験したこともある。

――肥後で何かが起こっておるのではないのか……。

と、直感した。

柳生利厳は、慶長八年（一六〇三）、肥後熊本の領主、加藤清正に招聘され、五百石で仕官することとなった。

このとき、利厳は二十四歳。兵庫助ではなく、伊予守《いよのかみ》を名乗っていた。

橋渡しをしたのは島左近《しまさこん》である。石田三成《いしだみつなり》の家老であり侍大将だった。若い頃はほうぼうの大名家を渡り歩いて、行く先々で武名を轟かせた。この時代を代表する豪傑である。人づきあいもよく、文化人の素養もある。人間嫌いで人当たりの最悪な主人、石田三成の代わりとなって、他の大名たちと交遊していた。

大和国の出身なので、柳生家とも縁が深い。とくに利厳とは親しかったようで、利厳は島左近の娘を妻に迎えている。

慶長八年当時は、まだ婿舅の関係ではないが、左近の利厳に対する入れ込みようはただごとならず、利厳の剣の実力を加藤清正に宣伝した。

清正という男は無類の『人好き』である。この『人好き』というのは、この頃に特有の概念で、能力のある者や著名人を召し抱えたがる大名——という意味だ。

関ヶ原合戦後、勝ち組大名は膨大な領土を獲得し、一方で負け組は取り潰されて多くの人材が浪人となった。こうなれば当然、勝ち組大名たちの分捕り合戦である。鵜の目鷹の目で人材を探し、『我が家中で召し抱えてやった』だの『おのれ、してやられた』だのと競い合っている。

柳生家は、関ヶ原の負け組ではなかったが、有為な人材を抱えていたことでは、日本屈指の家である。

そんな時代の空気の中、利厳は清正に目をつけられ、肥後加藤家に五百石で召し抱えられた。大和国の片田舎で竹刀を振り回していただけの小僧にくれてやるには、膨大に過ぎる石高である。

しかし。

新陰流二世宗家で祖父でもある石舟斎は、ちょっと難色を示した。石高が足りない、というのではなかった。実に意外な条件をつけてきた。

曰《いわ》く、『利厳は粗忽で我慢の足りない性格なので、失敗は三回まで大目に見てやってほしい』というのである。

最初からしくじりをすることを見越していたのであるから、たいしたものだと言うべきか、それなら孫によく言い聞かせるほうが先だろう、と呆れるべきか。

さて。利厳は首尾よく加藤家の家臣となった。

が、このときの加藤家の内情は、かなりギスギスとした状況にあった。古参の家臣団と新参の家臣たちとの関係がうまくいかない。清正が人好きで、天才や秀才や有名人をかき集めたのはよかったのだが、往々にしてそういう手合いは我が儘勝手で気位が高い。

古参の家臣団にとっては、たまった話ではない。

こっちは清正が小身の武将だった頃から血まみれになって奉公して、それでようやく足軽組頭なのに、どうして棒振りが得意なだけの若造が五百石なのか、という話だ。

正論である。加藤家には内紛の気配がムラムラと立ち上る。

しかも、清正の領地はもともと敵地であって、領民たちも懐《なつ》いてはいない。

この当時の日本人は目敏く、狡猾である。馬鹿正直な百姓などいない。

加藤家の混乱状況を見抜くと、早速に一揆を引き起こした。利厳が仕官して、まだ一年にもならない頃だ。

小西行長の遺領でキリシタンたちが蜂起した。清正は古くから仕える侍大将の、伊《い》藤長門守光兼《とうながとのかみみつかね》に鎮圧を命じた。

が、これがさっぱり、はかがゆかない。清正はつづいて柳生利厳を援将に任じて派兵した。

清正にすれば、島左近推薦の若武者の『お手並み拝見』といったところだったのかもしれない。

三

利厳は単身、山塊を抜け、高原郷へ向けてひた走った。

援将みずから物見《ものみ》である。今で言う偵察だ。

利厳は清正につけられた雑兵を率いてはいた。しかし、この雑兵たちは利厳に懐いてはいない。清正同様『お手並み拝見』とばかりに白い目を向けてくる。

若くて短気者の利厳にとっては煩《わずら》わしいだけの連中だ。そんなやつらをいちいち指図して仕事を任せるより、自分で走り回ったほうが何倍も効率がよくて確実だった。

一揆勢は峠道を押さえて山塞を築いた。正面から接近すれば気づかれる。ゆえに、獣道を縫って、背後に回り込もうとした。

利厳は飛鳥のように山谷を駆ける。柳生ノ里は伊賀と甲賀に挟まれている。当然、忍術に等しい技能体術も継承されていた。柳生新陰流には『手裏剣術』も含まれているほどである。山道などまったく苦にならない。

渓流を飛び越え、岩場をよじ登っていたとき、利厳は、ふと、何かの気配を察して振り返った。

小さな足音があとを追ってくる。利厳ならばこそ気づいたほどの微かな気配だ。

――獣か……？

――猿であろう。

猿は、猿まねという言葉があるくらいで、人間につきまとう癖がある。利厳が走っているのを目撃し、興味を示したのであろう。

忍者であれば険悪な空気を漂わせているはずだ。しかし、この追跡者からは殺気や敵意は感じられない。逆に、嬉々とした好奇心の気配が伝わってくる。

利厳は無視して走りだした。

気配は見え隠れについてくる。時折、別なものに興味を示したのか、フッといなくなる。かと思えば、先回りをして獣道の傍らに蟠《わだかま》っていたりした。

――妙なヤツだ。

利厳も若い。そして無邪気である。この小猿との道行きがなにやら愉しくなってきた。

これから一揆との血みどろの戦いが待っているというのに、一時忘れて、小猿との競走を楽しんだ。

そうこうするうちに、高原郷に到着した。山の中の狭い平原に、キリシタンの一揆勢が集結していた。

——存外、弛《ゆる》んでおる。

利厳は一目で一揆勢の惰気を見抜いた。

長閑《のどか》に炊煙をあげている。鎧も脱いで武器はひとまとめにして立てかけ、悠長に賛美歌など合唱していた。

——今なら一叩きだ。

ニヤリと唇を歪めさせ、身を返した。

小猿は？　と思って目を転じると、離れた場所に隠れ潜む気配があった。一揆勢を眺めているらしい。利厳のまねをしているだけで、自分が何を見ているのか、理解してはおるまい。

兵庫助利厳は、今にして思う。

あのとき。一揆勢の緩みを見て、なにゆえあれほどに油断しているのか、と、考えを巡らせるべきだった。

だが、二十四歳の伊予守利厳は、戦の手柄に逸《はや》るばかりで、その裏を読み取るだけの配慮にも、人生経験にも欠けていた。

利厳は三里の山塊をものともせず、伊藤長門守の本陣まで飛んで帰った。

「今なら勝利は確実でござる！　今すぐ、攻め込みましょうぞ！」

我が目で見たことを伝え、息せき切って出陣を迫った。

だが。

利厳の予想に反して、長門守は渋い表情で口を真一文字に結んだ。

『否』とも『応』とも言わない。皺を刻んだ口元が梅干しのようになっている。

「いかがなされた！」

カッと赫怒《かくど》して利厳は老将に詰め寄った。

相手は清正の少年時代から仕えた家臣である。が、利厳は若い。若いうえに傲岸である。

すでにして高名な剣客で、清正自らに三顧の礼で招聘され、五百石もの大封を得ている。これで謙虚になれる二十四歳がいたら聖人だ。

——なぜ腰を上げぬ⁉　なんとか言え、このクソジジイ！

利厳は殺気を漲《みなぎ》らせて迫った。

伊藤長門守は、一揆討伐を命じられてから今日まで、捗々《はかばか》しい戦果をあげてはいない。兵を動かしているのかどうかすら怪しいほどだ。

実は。

このとき長門守は、和平の道を模索していた。条件の折り合いさえつけば、この一揆は終息する、と考えていた。

一揆を起こしているのは領民である。領民は大名家にとっては年貢のもとだ。領民が働いて税を納めてくれるからこそ大名家は生活していける。城も御殿も建てられる。領民は多ければ多いほどよいのであって、一揆を起こしたからといって、殺しまくっていたら税収は減るばかりだ。

しかも相手は宗教一揆でもある。こじれたら延々とあとを引く。あの信長でさえ、一向一揆を制圧するのに十年かかった。

こんな道理はわかりきったことなのであるが。

長門守とすれば、血気盛んで手柄に逸る黄口児《こうこうじ》相手に、何をどう言って説明しても通じまい――という絶望のようなものがあって、嫌気が差して、口を閉ざしてしまったのだ。

加藤家に召し抱えられたばかり、しかも分不相応な高禄、手柄が欲しくてたまらない。活躍を見せつけ、自分の実力を家中に知らしめたくてたまらない、そんな若武者の気持ちもわかる。かつては自分もそうだったから。ここで年寄にクドクドと道理を説かれても聞く耳は持つまい。

せめて長門守は、清正にだけは、自分の方針を説明しておくべきだった。

しかし清正は熱心な法華経信者だ。

一方、キリスト教は、かつての宿敵、小西行長が肥後に広めた宗教である。小西に対する悪感情もあって憎さ百倍だ。『キリシタンと融和しましょう』などと長門守が説いても、これまた、聞く耳を持たれるとは思えなかった。

伊藤長門守という男、少々厭世《えんせい》的で、諦めが早すぎるようでもある。

柳生利厳は、老人の気長に堪えかねて、ますます怒りを募らせた。

「臆されたか、長門守殿!」

長門守の策に思いをいたすこともなく、短兵急に決めつけた。

長門守がギロリと目を剝いた。ようやく、二人の目が合った。利厳は怒りの沸騰するがままに叫び立てる。

「臆されたのならここに陣を据えておればよろしい! 先陣はそれがしが承《うけたまわ》る! それがしが兵を率いて攻め込みましょう。長門守殿はこの本陣にござれ。さぁ、陣触れを出されよ！」

大将が本陣に残ったまま大局を見、副将が前線で兵の指揮を執るのはよくある話だ。利厳は長門守が臆病風に吹かれたのだと思っていたので、この条件なら出陣の触れを出すだろうと予想していた。利厳からすれば親切のつもりであった。

「黙れ！　生意気な新参者めが！」

臆病で腰を上げないのではないのだよ、と、根気よく説明すればよかったのだが、長門守も戦国の男である。頭ごなしに怒鳴りつけた。口より先に手が出なかっただけまだしもだ。

「昨日今日、御家に仕えたばかりの小僧めが、なんの増長での差し出口か！　おのが分をわきまえよ！」

怒鳴りつけられた利厳は、萎縮して反省するどころか、逆に怒りを滾《たぎ》らせてしまった。

やはり、利厳は、祖父石舟斎が心配したとおりの粗忽者であった。

怒鳴り合いのあと、気がついたときには、伊藤長門守を斬り捨てていた。

利厳は幔幕《まんまく》をバッと捲って外に出た。

「長門守殿、お討ち死に!!」

片手に血刀をぶら下げたまま、堂々とのたまった。戦奉行や足軽組頭たちが口をアングリと開けている。戦国の世にあっても、ありうべからざる蛮勇であった。

利厳はギラギラと血走った目で一同をじっくりと睥睨《へいげい》した。

「清正公のご命令により、この陣は援将たるこのわしが引き継ぐ！」

誰も異議など述べられない。皆息を飲んで——否、利厳に飲まれてしまった。

「出陣じゃあ！」

利厳は肺腑の裂けるほどに絶叫し、馬の鞍に飛び乗った。

今度は真っ正面から峠道を駆け上った。

一揆勢は先ほど物見したとおりに油断しきっていた。おそらく、伊藤長門守との交渉がまとまりかけていたのであろう。伊藤を招いての祝宴の用意でもしていたのかもしれない。

そこへ、悪鬼のように殺気を漲らせた剣豪が、巌《いわお》のごとき肥馬に跨がって突入してきた。粗末な陣地など蹄の一撃で踏み破り、木柵は馬上からの太刀一閃で切り払った。

「かかれや！　かかれや！」

後ろにつづく武者たちに命じ、自らが先頭に立って斬り込む。

利厳に鼻面を引かれるようにしてやって来た武者たちも、こうなっては是非もなし、戦闘に突入した。

嫌々始めたはずの戦闘だったが、利厳の闘志が伝染し、異様な興奮状態に包まれていく。彼らとて戦国の武士だ。喧嘩出入りは大好きなのだ。

こうなれば手柄の一つも立てねば嘘だ。滅多にない合戦、出世の機会である。徒武《かち》者も足軽も、夢中になって太刀を、槍を振るった。

利厳は斬った。斬って斬って斬りまくった。

暴力には奇妙な没入状態がある。暴力の興奮に呑まれたが最後、興奮が興奮を呼んでとまらなくなる。

直接的な暴力だけではない。言葉の暴力、いじめや、政治活動の暴力、吊るし上げや、躾《しつ》けの暴力、虐待など、皆これだ。やりはじまったらとまらない。暴力に没入する。人間は誰にでも、そういう不気味さがある。

利厳は血まみれになって斬った。女も子供も関係なく、手当たり次第に斬る。愉しい。腹の底から愉しい。

新陰流が殺人剣を否定し、活人剣なる理念を導入し、古来の剣術を『畜生働き』と呼んで否定したのは、この暴力への没入感を嫌ったからなのかもしれない。

とにかくこのとき利厳は、ケダモノのごとき闘争心を剝き出しにして、暴力と血に酔った。

気がついたときには、キリシタン集落が一つ、壊滅していた。一揆勢は跡形もなく消滅した。

四

無数に死体の転がる集落の真ん中で、利厳は呆然と立ち尽くした。

焼け落ちた小屋の柱がブスブスと煙を上げている。

——いたしかたなし。

利厳はおのれの所業をそのように総括した。

所詮、異教徒との戦いには妥協点など得られない。殺し尽くすしかなかったのだ、と、そう信じた。

——俺自身、よい経験をした。

戦国の世の武芸者たちは、戦場で大勢の人命を奪いながら、おのが技量を磨いたのだ。乱戦の中で開眼した者もいる。斬って斬って斬りまくる経験も、武芸者としての肥やしとなるはずだ。

と、自分に言い聞かせ、信じようとした。

「…………」

なにやら妙に静かである。聾唖になったのではないか、と、そんなふうに感じた。

そのとき――。

「なぜ殺した」

子供の声がした。

小さなか細い声である。だが、鋭い錐《きり》となって聴覚の中心を突かれた心地がした。

利厳は顔を上げた。広場の先に、小さな子供が立っていた。

「童《わっぱ》……」

利厳はすぐに理解した。あの小猿だ。物見の利厳を執拗に追ってきた小さな気配。

――こんな小さな子供であったか。

利厳はぼんやりと考えている。

小さな身体で、大人の利厳と同じ速さで山の中を移動した。

――たいしたものだな。

小猿のような童は、鋭い目で利厳を睨んでいる。真っ黒に汚れた顔の中で白目だけが鮮やかに見えた。

「おのし、この里の子であったか」

童は答えない。代わりにもう一度訊ねてきた。

「なぜ殺した」

鼻水をズルッとすすり上げる。

「俺は、人が死ぬのを見るのが嫌いじゃ。人を殺すヤツが大嫌いじゃ」

憎々しい目で、利厳を睨んだ。

——ああ、そうか……。

利厳は理解した。この童は、先ほどの『追いかけっこ』で、子供なりに利厳に好意を抱いていたのであろう。しかし、利厳は童の好意を裏切った。童が大嫌いな人殺しだった。

今は、憎しみの感情を激しく放っている。

利厳は、何かの直感に突き動かされて、表情をすこし変えた。

——この童、この俺の、生涯の敵となる者やもしれぬ。

なぜ、そう思ったのかはわからない。武芸者ならではの第六感である。

――この童がこの里の子であるなら、俺を許しはするまいの。

利厳がこの里の子供なら、生涯を賭けて復讐する。

となれば話は早い。利厳はスラリと刀を抜きはなった。

今は子供でもいずれ大人になる。利厳が老人になり、身体が動かなくなった頃、この童は武芸者としての円熟期を迎えるだろう。

平清盛も、源頼朝や義経を『子供だから可哀相だ』と言って殺さなかったがゆえに、ついにはこの兄弟に滅ぼされた。

弱者と強者の立場はすぐに逆転する。相手が弱いうちに倒しておく。これが武芸にかかわらず、実力がすべての世界で生き抜くための鉄則なのだ。

「イィヤアアアアアッッ!!」

利厳は唱歌した。全身全霊の気迫を、小さな子供に叩きつけた。

即座に猛然と走りだす。

童はびっくりして、円《つぶ》らな目を大きくさせた。そして、転がるように逃げだした。

――やはり！　ただの童ではない！

利厳も愕然とした。

利厳の気迫を唱歌とともに叩きつけられれば、大の大人の剣客ですら動揺する。子供であれば腰を抜かし、蛇に睨まれた蛙のようになるはずだ。

しかし、この童は身を翻して逃げだした。臆してはいる。臆してはいるが、我を忘れてはいない。逃げねば命が危ういことを理解していて、逃げている。

――末恐ろしいガキだ……。

抜き身の刀を引っさげてあとを追いながら、利厳は、おのれの直感の正しさを確信した。この童には天賦の才がある。倒さねば、いずれ自分が倒される。

童は山中に飛び込んだ。利厳もそのあとを追う。

むろんのこと、子供と大人の追いかけっこである。すぐに追いつくはずだった。

だが、童は藪の下をくぐり抜け、巨木の根の下を這い、崖の岩の隙間を通って逃げつづける。

そのたびに利厳は、藪を切り払ったり、大きく遠回りしたりせねばならない。距離は一向に縮まらない。

子供は子供なりに頭を働かせていた。十分に知恵を発揮して利厳を翻弄した。

だが、やはり最後には大人と子供の差が出てしまう。ついに利厳は、童を崖下に追い詰めた。

千丈の――というには大げさだが、切り立った崖の下、渓流の干上がった岸辺で二人は向かい合った。細かな砂利が平らに均《なら》され、足元は十分に安定していた。

「覚悟いたせ」

利厳は太刀を大上段に掲げ、油断なくジリジリと童に詰め寄った。今度こそ、一太刀で仕留めねばならぬ。さしもの童も恐怖に震えて背中を崖に押しつけた。

利厳は裂帛《れっぱく》の気勢を太刀に込めた。ギラリと目を見開き、童を見つめ、太刀を斬り落とさんとした。

「むっ！」

その刹那、利厳は、バッと袖を翻し、背後に二間ほど飛び退いた。

真っ白な影が崖を飛翔してくる。ほぼ垂直に切り立った岩場の、わずかな凹凸を足場にしてフワリフワリと下りてきた。

「天狗か⁉」

利厳と童のあいだに着地する。

なんとも異様な風体《ふうてい》だ。何度も洗い晒して真っ白になった麻の浄衣姿。腕には真っ白な手甲《てっこう》。脛には脛衣《はばき》。異様に分厚く編まれた草鞋《わらじ》を履いている。

真っ白な蓬髪を振り乱し、眉も髭も真っ白。全身が真っ白ずくめの老人であった。

天狗でなければ仙人か。脂の抜けた細い身体だが、眼光だけはおぞましく鋭い。ギロリと視線を向けられて、さすがの利厳が思わず半歩下がってしまったほどだ。

と、老人は、利厳を無視するとクルリと背を向け、童の前に立ちはだかった。

童は涙目で老人を見上げた。

老人は童の目の前で大の字に立つと、ポカリとゲンコツをくれた。

「こんな強い男に喧嘩を売る馬鹿がどこにおる！」

叱られた童は小猿のように跳ねて、岩場を登って逃げていった。

気を呑まれる、とでもいうのであろうか。利厳は呆然として見送った。

老人がふたたび身を返し、利厳の正面に立った。

利厳は訊ねた。

「あの童、ご老体の縁者か」

孫か、曾孫といった年格好だが、老人は答えない。

「ご老体もキリシタンなのか」

どう見てもキリシタンらしくない風体だ。が、念のため訊ねた。というか、なにか口にしないと間《ま》が持たない、とでもいうような、奇妙な空気が流れている。

老人は、耳が遠いのか、それとも社会性が完全に欠如しているのか、相手の問いには答えようとせず、ただ、ジロジロと不躾《ぶしつけ》な視線を向けてきた。

利厳は奇妙な焦りを感じはじめた。会話が言葉の応酬だとしたら、この老人はことごとく、その間合いを外している。言葉の空振りだ。

と、何を思ったのか、感じ取ったのか、老人の満面が紅潮しはじめた。蓬髪や髭が逆立っていく。長い時間、無言でいたあとで、やおら、口を開いた。

「そなた、人吉《ひとよし》に踏み込んでおる」

「人吉？」

隣国の相良《さがら》藩領だ。童を追っているうちに、国境《くにざかい》を越えていたらしい。樵や商人ならまだしも、武士が無断で他藩の領内に踏み入ることは許されない。

「去《い》ぬるがよい。去ぬらねば――」

「どうなさる」

「懲《こ》らしめねばならぬ」

言うなり、腰の鉈を抜いた。

その鉈で戦うのかと思ったらさにあらずで、近くの木の枝を打ち落とし、手頃な長さに切り、小枝を削いで粗末な木刀を作り上げた。

そんな作業をしている最中、斬りかかられたらどうするのか、などとはまったく考えていないらしい。

利厳も斬りかかることができない。完全に気を呑まれている。それに老人の姿には、どこにも隙が見当たらなかった。

木刀を拵《こしら》え終えた老人は、三度、利厳と向かい合った。

利厳の目には、老人の身体が二回りも大きく膨らんだように見えた。

「熊本に下ってきた柳生の小倅とは、お前がことだな」

「いかにも。新陰流、柳生伊予守利厳」

利厳は名乗りをあげた。どこかで小猿が覗いている。名を知られればのちのち面倒だ——とは思ったのだが、この老人との立ち会いを前に、剣客の常道を踏み外したくはなかった。

利厳は目の前の天狗老人が、祖父・石舟斎と兄弟弟子であることなど知らない。自分の高名が隣国にまで伝わっているのだ、と解釈し、満足した。

「して、ご老体、ご尊名は」

老人はわずかに表情を変えた。

「わしは、見てのとおりの世捨て人よ」

もはや問答などいらない。二人のあいだで剣の気合が満ちていく。

利厳はジリッと、草鞋の裏を擦りながら移動した。踏み替えずにはいられない。強烈な威圧感を老人は放っている。

──この老体……。

祖父に似ている。と思った。

むろん、風貌はまったく異なる。が、構えのどこかに似通った部分が感じられた。

利厳は柳生ノ里で石舟斎の直伝《じきでん》で剣を学んだ。当然、祖父とは何度も立ち会った。

しかし。さすがに孫が相手のことだ。厳しい稽古ではあるが、石舟斎といえども人の子である。非情には徹しきれない。心のどこかで『孫は可愛い』と思っている。また、その愛情を利厳も感じる。馴れ合いとまではいかないが、甘えを含んだ稽古であったことは否《いな》めない。

さらに言えば、石舟斎の目指すところは活人剣《かつにんけん》。剣で人を活かす道だ。剝き出しの殺意とは最も遠いところにいる。

この老人と対峙しているうちに利厳は、『祖父が俺と敵対し、本気で俺を殺す気になったとしたら、このような姿になるのではないか』と感じた。

活人剣ではなく、殺人剣《さつにんけん》に磨きをかけた石舟斎とでもいうような、そんな雰囲気を漂わせている。

それから、ふと、気がついた。

老人が手にしているのは木刀だ。老人なりに、手心を加えるつもりでいるのは明らかなのだが、それでもなおこの殺気。

──これは、ただならぬ男だ！

柳生ノ里を出て一年足らずしてこれほどの敵に邂逅《かいこう》するとは。世の中は広い。

気後《おく》れしそうな自分を励ますようにして、利厳は唱歌した。だが、老人はピクリとも動かぬ。髭の先をそよがすほどの効果もなかった。

老人の放つ気が利厳を押し包む。右に回ってもそこには老人の気が満ちている。左に回っても無駄。正面の気は、必死の気攻めで押し返しているが、いずれは圧倒されるであろう。

開いているのは背後だけだ。尻をまくって逃げだしたいところだが、正面の気を押し返すことをやめたら、即座に背中を斬りつけられる。

──いや、相手は木刀だ！

そう信じたくとも、この威圧感はどうにもならぬ。額を汗がダラダラと滴り落ちてくる。

もはや逃げ場はどこにもない。

そう思って、無意識に逃げ場を探していた自分に気づいて愕然とする。新陰流二世宗家、柳生石舟斎の嫡孫。加藤清正に五百石で迎えられた新進気鋭の剣客。自分を支えていた矜持《きょうじ》が粉微塵に砕けていく。

老人の放つ闘気はますます分厚く、威圧感をもって押し寄せてくる。真綿で包まれ締めつけられる——とはこのことか。若い門弟たちがよく口にする言葉だったが、たしかにそのとおり。言いえて妙だ。利厳は生まれて初めてこの感覚を実感している。苦しくてたまらない。いつしか口を大きく開けて息をしていた。炎天下の野良犬のような惨めな姿だ。汗が顎の先から滴っている。

もはや、おのれを信じてまっすぐ斬り込むよりほかにない。しかし、それは誘いである。猫は窮鼠が噛みに来るのを待っているのだ。

——それでも、前に、前に進むよりほかになし。

利厳は、恐怖に萎えた我が身を鼓舞し、残された最後の気合を漲らせた。

「イィイイヤアアアアッッ!!」

老人めがけて突進する。刀の鐔《つば》まで突き通し、刺し貫く決意で踏み込んだ。

老人の木刀がスッと利厳の小手を打った。利厳の刀は地面に叩き落とされた。

——!?

いったい、何をされたのか。何がどうなって、自分が打たれたのか。さっぱり理解できない。

利厳はガックリと両膝をついた。老人は何事もなかったかのように立っている。

無言で利厳の背中を見下ろしていたが、やがてポツリと口を開いた。

「『一《ひとつ》の太刀』とは、これなり」

枯れた声音《こわね》が頭上から降ってきた。利厳はハッとして顔を上げた。

見上げれば。

総髪を振り乱した老人が山風に白髭をなびかせている。眼窩が深く、鼻が高い。異相だ。炯々と光る目が静かに利厳を見つめていた。

利厳は自然、老人の前に正座する形になった。

「ひ、一の太刀とは……」

剣聖・塚原卜伝《つかはらぼくでん》が編み出したという奥義である。

塚原卜伝高幹《たかもと》は、鹿島の祝部《はふりべ》の出身で、実父から鹿島流の剣を、養父から香取神道流の剣を学んだ。自らは新当流《しんとうりゅう》を開き、足利将軍義輝《よしてる》、北畠具教《きたばたけとものり》、諸岡一羽《もろおかいっぱ》（いちうとも）、真壁暗夜軒《まかべあんやけん》などなど多くの弟子に妙技を伝えた。皆錚々《そうそう》たる剣豪・剣客である。卜伝は日本の剣術の祖の一人に数えられている。

そのト伝が剣の極意としたのが『一の太刀』である。

利厳は老人を見上げた。

「ご老人、今の技が、一の太刀なのですか」

老人に打たれた腕が赤く腫れている。

「違う」

老人は吐き捨てるように言った。

「うぬのことじゃ」

「わたしの？」

「我が身一つ、我が太刀一つに命を託して斬り込む。迷いは無用。勝てるか勝てぬかなど問題ではない。我が身一つ。太刀一筋。これ『一の太刀』なり」

利厳は「あッ」と声をあげた。

まさに今、老人に向けて斬りかかったおのれの心境である。真っ直ぐに、一直線に斬りかかるよりほかになし。そう信じて斬りつけた。身体ごと、ぶつかっていったのだ。

「一の太刀とは……技の名ではなく、気構え……？」

老人の袖がブワッと鳴った。ハッと気づいたときにはもう、崖の壁面を鳥のように飛んで登っている。

「老師！　お待ちくだされ！　あなた様は――」

と、声をかけたときにはもう、岩山の向こうに消えていた。

「せめて、お名前を……」

利厳はふたたび、ガックリと両膝をついた。

いつの間にか、小猿の気配も消えていた。


柳生利厳は熊本城に帰ると、即座に辞去の決意を固めた。

表向きの理由は『清正公の古参家臣を斬ったがゆえ』である。

しかし、本当の理由は違う。畳の上での城勤めなどできない心境になっていたのだ。

自分は強い、天下無敵である、と信じていたからこそ、大名に仕えて自分の剣を活かす気にもなった。しかし、世の中にはもっともっと強い男がいる。そして『剣の道』はまだまだ奥が深かった。

――俺程度の腕前で、剣を以て身を立てるなどおこがましい。

修行をやり直さねばならぬ。日本じゅうを巡り、強い男と戦って、その剣を学びとり、我が身の肥やしとせねばならぬ。

心はすでに旅の空に飛んでいた。

一方、清正は。

利厳の真意など知るべくもない。額面どおり、伊藤長門守を斬った責をとっての退去だと受けとめた。

そのうえで、真心を籠めて慰留した。伊藤を斬ったことすら問題にしない構えを見せた。

が、所詮どうにもならないことを清正は知っている。理由はどうあれ、同じ家中の重臣を殺した男が、加藤家に残れるはずもない。

清正が利厳を許し、引きとめるポーズを取ったのは、利厳の将来を慮ってのことである。清正と加藤家中を怒らせての追放では、利厳の面目は丸潰れ、経歴は真っ黒、将来どこにも仕官ができなくなる。

やはり清正は『人好き』で、情けを知る漢《おとこ》ではあった。

加藤家を離れた利厳は、天下無双の剣客への道を歩んでいく。新陰流宗家を石舟斎より継ぎ、徳川義直に仕官するのはその十二年後のことであった。

利厳は記憶をたぐるのをやめた。障子が白々と染まっている。日が昇りはじめたらしい。

利厳は立ち上がると、自分で雨戸をカッと開いて、朝の冷たい大気に全身を晒した。

——あの老人は、丸目蔵人佐長恵《まるめくらんどのすけながよし》殿だったのだな……。

今にして、そう確信している。

人吉に隠棲する剣豪といえば、彼の名前しか思い当たらない。

利厳の祖父、柳生石舟斎宗厳《むねよし》とは同門の兄弟弟子だった。ともに剣聖・上泉伊勢守信綱《かみいずみいせのかみのぶつな》から指南を受けた間柄だ。

真剣ではなく木の枝で『指南』してくれたのも、石舟斎の孫だ、という気持ちの表れだったのではないのか。

それはそれとして。

利厳の顔つきがキッと引き締まった。

——やはり、肥後で何かが起こっておるのではないのか。

不安に身をさいなまれる。剣豪として五感を鍛えあげた男だ。この種の胸騒ぎはよく当たる。

——もし、そうなら、あの童が一枚嚙んでおるのに相違ない。

もはや童ではない。現につい最近、六尺豊かな偉丈夫に成長した姿を名古屋城本丸御殿で目撃した。

──大樹（将軍）の寝所を護っていたようであったが……。

秀忠の近臣に取り立てられたのであろうか。

──もしそうなら……。

利厳は名古屋城の大天守を見上げた。

──二十一年前、たしかにわしは、あの童が『生涯の宿敵』になると確信した……。

あの童は徳川宗家に仕え、利厳は尾張徳川家に仕えている。

つづいて、尾張徳川家当主、中納言義直の気性を思った。

──尾張徳川家と将軍家、これから仇敵ともなっていく、ということか。

次々と胸騒ぎが湧いてくる。

──童め！

やはり。二十一年前に、しっかりと殺しておくべきであった。

五

「正直に言いましょう。我々は追い詰められています」

パードレ・ロドリゴが告げた。

桜田堀際の番小屋である。夕刻が迫り小屋の中は薄暗くなっている。侍女のおときが燭台に火をともした。ロドリゴが母国から持ち込んできた真鍮の燭台と真っ白な蠟燭だ。ロドリゴの顔を横から照らす。彫りの深い顔立ちに黒い影ができる。深い憂悶の表情を浮かび上がらせた。

半刻ほど前、突然おときがお江与の長局に忍んできて、パードレ・ロドリゴの来訪を告げた。ミサの日でもないのにどうしたことであろうか、と訝しく思いつつ、お江与はおときと、城内のキリシタンたちの手を借りて、例の番小屋に向かった。

パードレ・ロドリゴの顔色は、これまでにないほどに悪かった。どんなときにも慈父の微笑みを湛えていた顔が、険しげに引きつっている。

いったい、何事が出来《しゅったい》したのであろうか。それは忠長に関する問題なのであろうか。

お江与は、不安に身を戦《おのの》かせながら、パードレの言葉を待った。

「あなたの夫は頑固者です」

さすがの宣教師も感情を抑えかねたのか、満面を赤く染めて荒々しく吐き出した。

「このままではイスパニアと日本は断交です。そうなったら、皆が困ります」

困るのはイスパニアの植民地経営のほうであって、日本にとっては、さほどの実害はないのであるが、ロドリゴにとってイスパニアの植民地は東アジア全域をキリスト教国とするための策源地である。なんとしても、日本の財力で支えてもらわねばならないのだ。

お江与は身を小さくして畏れかしこんだ。

ローマ法王庁の企図（すなわち神のご意志）の前に、我が夫が立ちはだかっている。一人のキリシタンとして身は細り、心は潰れる思いだ。

「妾の罪です。妾がもっと、夫を愛し、愛されていれば――」

お江与の願いに耳を貸さないはずがないのだが。

「おお、そうではありません。ミダイサマの罪ではない」

ロドリゴは慌てて詫びた。

「わたしの言葉が過ぎました。あなたを責めているのではないのです」

「妾にできることがありましょうか。一人のキリシタンとして、パードレのお力になりたい」

お江与はすがるような心地で訊ねた。

こんな姿を秀忠や徳川の家臣たちが目撃したら、目を丸くさせ、首をひねり、最後には『お江与によく似た別人であろう』と判断するに違いない。

ロドリゴが憔悴している原因は、外交交渉がうまくいかないことだけではない。

このとき、ロドリゴとキリスト教の前には、大きな難問が立ち上がっていた。しかし、この問題を、目の前のこの女に——将軍の妻に相談してよいものなのかどうか、すこし悩ましくもあった。

ロドリゴは紅毛の髭を撫でた。なぜ、この国の人間は、こちらの弱みばかりを鋭く突いてくるのであろうか。

——悪魔のように狡猾だ。

ゆえにこそ、味方は大切にせねばならない。

「サツマの殿が、琉球に出兵なされます」

ロドリゴは、ついに、口にした。

喋りだしたが最後、憂いを溜め込んだ堰が切れたかのように、一気呵成にまくし立てた。

「サツマの殿はキリシタンを弾圧しています。ご領地内での布教も厳禁。わたしたちバテレンが踏み込めば、殺されます」

この時期は日本国一律にキリスト教が禁止されていたわけではなく、取締りの緩い大名家もあれば、きつい大名家もあった。島津家などは最も厳しく弾圧に臨んだ大名家である。

もっとも、島津家の弾圧はキリスト教だけに向けられていたわけではなく、一向宗に対する取締りも厳重だった。どちらの宗教も宗教一揆で政権を転覆させようとする傾向あるいは前科があった。

宗教勢力が平和の担い手たらんと心がけるようになったのは、第二次世界大戦後のことであろう。それ以前の宗教勢力は平和など二の次だ。最も頑迷な武闘派ですらあった。領主が宗教テロリストと戦うのは当然の時代なのである。

ロドリゴの目から見れば、島津家は恐ろしく野蛮な『神の敵』であることには違いない。

「このままでは琉球が島津の領地となってしまいます。琉球を神国となさんとする我々の努力が無になります」

琉球をキリスト教化する、ということはすなわち、フィリピンや南米諸国のようにする、ということなのだが、キリスト教が絶対に正しいと信じるならば、それは悪行ではない。

琉球の民がどう思っているかは、また、別の問題である。

「我々は急がねばなりません。サツマの殿が兵を動かすより早く」

ロドリゴは、灰色がかった目をお江与に据えて、決断を迫ってきた。

なんの決断か、と言えば、それは忠長を旗頭にしたキリシタン武士の挙兵である。

しかしお江与は、正直なところ『まだ早い』と感じた。

日本人というものは根回しなしには動かない。同意を取りつけないことには腰を上げてくれない。

お江与はまだ、忠長にも心の内を明かしてはいない。忠長のことであるから自分に逆らうことはないと思うが、しかし、忠長の家臣たちがどう動くかは予想がつかない。

忠長の家臣団の中核を支えているのは附家老である。徳川宗家から派遣されたお目付役だ。甲府中納言家よりも徳川宗家、すなわち家光に忠誠を誓っていないともかぎらない。

お江与の逡巡を、単なる気後れだと思ったのか、ロドリゴは得意の雄弁で説得にかかった。

「心配いりません。徳川の御家にも、キリシタン武士、たくさんたくさんいます。仏を信じる武士も、忠長様なら将軍として喜んで仕えましょう。キリシタン武士とそうではない武士に支えられ、立派な将軍におなりです」

それは、言われるまでもなく、そうであろう。と、お江与も信じている。

ロドリゴはグイグイと押しまくってくる。

「西国の大名も、キリシタン、たくさんいます。棄教したふりをしていますが、心の内はキリシタンです」

例えば筑前の黒田長政《くろだながまさ》などがそれだ。

「秀忠サマ、家光サマの治世では、彼らはキリシタンであることを隠しつづけなければなりません。しかし、忠長サマが将軍となれば違います。彼らはキリシタンであることを隠さずに生きてゆけます。忠長サマに感謝するでしょう」

お江与の目を覗き込んで、いっそう声に力を込めた。

「キリシタン大名たちが、神の軍となって、忠長サマを支えるのです。恐れることはありません」

宗教的熱狂がお江与を包み込む。さすがは遙か日本にまで布教に来るほどの宣教師だ。並の人間なら、簡単に心を動かしたであろう。

だが。

ロドリゴは、お江与という女が、激動の半生を送ってきた女だということを失念していた。お江与はその不幸な半生がゆえに用心深い。

「パードレ」

お江与は首を振った。

「まずは、西国のキリシタン大名の旗幟を明らかにさせてください。忠長を先に立たせるわけにはいきません」

戦国の世を生き抜いてきたお江与の目から見れば、大名家の信義などまったく当てにならない。むしろ彼らは『裏切り癖』とでもいうのか、特異な性格をもっている。いつでもどこでも右顧左眄《うこさべん》して、ちょっとでも条件のよいほうに転がりたがる。裏切りを愉しんでいる様子すら窺える。一種の病気であろうか。

「フゥム……」

ロドリゴはお江与に決然と断られ、少し鼻白んだ様子であったが、しばし黙考して考え直した。

「たしかに忠長サマは、キリシタンにとっては頼るべき最後の縁《よすが》。軽挙は慎まねばなりませんデシタ」

他の地域では簡単に進むキリスト教化が、なぜかこの国ではうまくいかない。神の御手を阻む何かがある。それが悪魔の仕業ならば、よほどに強い悪魔である。用心深くかからねばならない。

「では、こうしましょう」

「どうするのです」

「西国でキリシタンを蜂起させます。むろん、キリシタン大名も立つでしょう」

「なんと！　そのようなことが」

「可能です」

ロドリゴは慈父の微笑みを浮かべて頷いた。

「キリシタンが蜂起すれば、オオゴショとショウグンは兵を送るでしょう。この江戸は手薄となります。そこで忠長サマがキリシタン救援の兵を挙げるのです」

「なんと！　そのようなことが……」

「大丈夫。キリシタン武士はわたしが集めます。まず、数万は集まりましょう。わたしが忠長サマの右手に侍り、神の軍を束ねます」

キリシタン軍の本営で十字架を高々と掲げ、万余の軍を従えて進撃する自分の姿を想像しているのか、なにやら憑かれたような目つきになっている。

「オオゴショと家光の軍は、西国と江戸とで挟み打ちになります。かくして悪魔は滅びるのです！」

たしかに、勝算がありそうに思える。

本拠地を敵に押さえられた軍は弱い。兵は家族のことが心配になって統制を乱す。武器や兵糧の補給も断たれる。戦わずして軍は崩壊する。

ロドリゴは、肉の分厚い掌で、お江与の肩を撫でた。

「案ずるには及びません。必ず成功します。万事、神の御手に委ねることです」

神の御手――というのは、ロドリゴ自身のことであろう。

ロドリゴはニタニタと笑っている。

第四章　菊池出陣

一

江戸城本丸。

落成なったばかり、まだ木の香も馥郁《ふくいく》と漂う本丸御殿に、島津《しまづ》薩摩守《さつまのかみ》家久《いえひさ》が堂々たる足どりで渡ってきた。

薩摩国鹿児島城主、石高七十七万石の国持大名である。この年四十八歳。脂の乗りきった年齢だ。

皮膚が赤銅《しゃくどう》色に日焼けしていた。秀でた額がテラテラと輝いている。

この男はほとんど生まれ落ちた瞬間から戦陣に身を置いていた。十代の頃は秀吉に従い、朝鮮に出兵して大活躍した。泗川の戦いでは一千の手勢で明軍四万に突撃し、島津軍の勝利に貢献した。

まだ五十前の若さでありながらすでに伝説として語られる猛将なのだ。

威風人を払う、とは、まさにこのことであろう。代替わりが進んで若手官僚ばかりになった徳川家臣団などでは、恐ろしくて目も合わせられない。

家久は家康から松平の姓と『家』の偏諱《へんき》を賜った。この時代は、家族で名前に同じ字を使うことが多い。徳川家の『家』は、代々の当主が名乗ることとなる文字だ。

家康から松平姓と名前の一字を貰った家久は、わかりやすく言うと、家康のファミリーなのである。家康と家久は『兄弟分』なのだ。

徳川家としては、東照神君様の義兄弟をないがしろにはできない。

と、これほど厚遇された男なのである。徳川家と家康が『恐れた男』の一人であることは間違いない。

家久は悠然と廊下を巡って大広間に入った。

大広間は将軍の座る上段、年寄（老中）が座る中段、大名が座る下段に仕切られている。家久は下段の中心に腰を下ろした。

ややあって、家光が入ってきた。家久はサッと低頭した。

「おお、薩摩守殿。久しいの。面《おもて》を上げられよ」

恐ろしく粗忽な早口で、三代将軍がまくし立ててきた。この年、家光は二十歳。この時代の二十といえば大人もいいところなのだが、あまり大人らしい物腰は感じられない。

大人らしくないのであるから、将軍の威厳など、ほど遠い。

家光は幼子が新しいおもちゃを手に入れたときのような顔つきで、家久を見つめている。

家光という男は、自身は脆弱《ぜいじゃく》な性格なのに、政治思考は武断派である。ゆえに強い男に対しては素直に憧れてしまう。家久などはまさに、家光好みの典型的な人物である。

しかも。将軍となった今、薩摩守家久は家光の家臣である。伝説的な武勇も赫々たる猛将が家来となったのだ。家光のような素直な男は正直に嬉しさを表して、家久をしげしげと見つめてしまう。

一方の家久は、新将軍が自分に向ける剝き出しの好意を訝《いぶか》しく感じていた。

戦国生き残りの大名は疑り深いのが普通だ。しかも島津家は関ヶ原の合戦では家康に敵対した外様大名である。

家光の笑顔も、『こちらを油断させようという罠なのではないか』などと警戒していたのだが、どうも、そうでもないらしい、と思えてきて、ますます混乱してしまうのであった。

家久は面を伏せたまま言上《ごんじょう》した。

「本日は、大島出兵のご挨拶にまかりこしましてございまする」

家久の言う大島とは、奄美大島のことである。

「おお、そうであったな」

すっとんきょうな声が上段から降ってきた。

「薩摩守殿にはご出陣、まことにめでたく、また羨ましい」

家久の伏せられた顔が、また一段と訝しげに歪められた。

——羨ましい、だと?

どういう意味での発言なのだろう。

家光は快活な声音でつづけた。

「余も、薩摩守殿とともに海を渡りたいものじゃ」

「は……」

家久は、家光がどんな顔で喋っているのか確かめたくなったのだが、目と目を合わせることは非礼とされているので顔を上げることができない。

家久が家光の顔を見たくなったのは、顔色や表情から将軍の腹の内を探りたい、と思ったことが半分で、残りの半分は素朴に、この若造はいったい全体どういうつもりなのだろう、と疑問に感じたからであった。

薩摩家が領有化を進めている琉球は、日本国と対等な独立国である。本来なら一大名家が支配するようなものではない。

家光の言葉は、将軍家が琉球の直接経営に乗り出す意思表示のようにも取れる。が、あまり深いことは考えていないような気もする。例えれば、ともに巻狩に行きたいとか、その程度の軽い口調だ。

これが馬鹿なら本物の馬鹿丸出し。利口者であるならよほどの策士である。

家久は唇を嚙んだ。若造の掌《たなごころ》で弄ばれているかのような、屈辱感がこみあげてきた。

それからしばらくのあいだ、将軍と薩摩守は、琉球出兵の兵力や目算などについて、質疑応答を交わした。

家光は時折鋭く、大概は的外れな質問を繰り出してきて、家久を辟易とさせたのだった。

つづいて家久は西ノ丸の大御所・秀忠の御前に拝謁した。

家光は将軍とはいえ、まだまだ飾り物である。天下の実権は秀忠が握っている。

――やれやれ、またか……。面倒なことだ。

ほんの十年ほど前にも徳川家は、将軍秀忠と大御所家康の二元政治を繰り広げていた。双方の同意を取りつけるのにえらく苦労させられたものだ。

家康と秀忠で意見が異なる、などという事態は日常茶飯事であった。大坂の豊臣家が取るべき道を誤ったのも、秀忠に送った使者と家康に送った使者との返答が正反対だったから、なのである。

大御所様とすれば、若い後継者を鍛えながら、すこしずつ権力を委譲していこう、という親心なのであろうが、外様の大名としてはたまったものではない。対処を誤ると豊臣家のように潰される。

家久はウンザリとした。

このような私戦を幕府が裁可したのには理由がある。

琉球の領有は島津家だけの野心ではない。元はと言えば家康の命令で始まったものだったのだ。

前述したとおり、フィリピンはイスパニアの領土となり、台湾にはオランダが基地を置いた。

放置しておけば琉球も、どこかの国の前進基地となる。ヨーロッパ諸国の最終目標は日本だ。おざなりにはできない。

その頃の琉球は、なんと非武装国家であった。武器は琉球王家の蔵にだけあって、藩屏の貴族が武器を持つことを禁じていた。軍隊もない。海があるから誰も攻めて来ないと信じきっている。

こんな小国、ヨーロッパ諸国がその気になれば一撃だ。フィリピンのようになる。そうなってからでは遅い。太平楽な琉球王家とは裏腹に、日本人はハラハラのしっぱなしだ。

また、別の問題も発生していた。

家康は秀吉が起こした大戦争を終結させるため、明国との和平交渉を行っていた。琉球国は明国とも日本とも国交があったので、和平交渉の仲介を依頼された。

が、琉球とすれば、平和などとんでもない話であった。明国と日本が断交してくれていたほうが好都合なのである。双方の貿易の仲立ちをすることで莫大な利鞘を稼ぐことができたからだ。

日本と明国が仲直りをして直接貿易が始まったら、琉球経由の貿易が途絶える。濡れ手に粟の利潤が消える。

かくして、非武装国家の琉球は、日本と明国との和平交渉を妨害した。何をやっても『海があるから』誰も攻めて来ないと信じていたのである。

慶長十四年（一六〇九）、家康は島津に琉球出兵を命じた。島津は一撃で琉球を占領した。

琉球はフィリピンにはならなかったが、薩摩の支配下となった。

そして今度は国土の一部、奄美大島を奪われようとしている。島津家久は鹿児島に帰城し次第、派兵の動員に着手するつもりであった。

二

「なんや、物騒な連中が大勢歩いとるな」

熊本城下の盛り場で鬼蜘蛛が眉根を顰ませた。

胡乱《うろん》な男たちが行き交っている。うらぶれた身なりで髭も月代《さかやき》も伸び放題、ボロボロの着物は垢染みて雑巾のようだ。

しかし、眼光だけはあくまで鋭い。決然と眼差しを正面に据えて歩く。手足は鋼《はがね》のように強靭で、鍛えられた筋肉が浮き出している。

腰には不釣り合いに長大な刀を差していた。帯がない者は藁《わら》縄で腰に縛りつけていた。

手にはおのおの得手《えて》とする武器。槍もあれば薙刀《なぎなた》も、斬馬刀も弓もあった。背中には鎧櫃《よろいびつ》。あるいは鎧櫃もなく、早くも鎧を身体に当てている者もいる。

さながら飢狼の群れ、とても形容したくなる集団だ。

否、これは集団ではない。同じ目的を持った者たちがたまたま同じ街道を通り、袖を擦りあいながら同じ方角へ歩いていく――とでもいうようなものだ。

浪人の集団が尽きることなく、川の流れのように、南へ向かって進んでいく。

鬼蜘蛛は通りからすこし外れた場所に移動した。

こんな殺気だった連中に近寄ってもいいことはない。因縁をつけられて金をせびられるのは目に見えている。

「いったい、何が始まったのや」

呆れ顔で浪人の集団を見送った。

「なんだ、鬼蜘蛛兄ィ、知らんのか」

菊池ノ里から一緒に出てきた若者が小馬鹿にした口調で顔を寄せてきた。

鬼蜘蛛は生意気な若造にゲンコツを一発食らわしてやった。

「痛ってぇ」

「当たり前や百舌助《もずすけ》。殴られてくすぐったかったら病気やで」

百舌助は恨みがましい目を向けてくる。まだ十六歳。ようやく一人前の芸人、もしくは忍びになった年頃だ。

その隣では同じ年頃の少女がケラケラと笑っている。

「百舌助、鬼蜘蛛兄ィのゲンコツを避けるには、まだまだ修行が足りないね」

鬼蜘蛛は今度は娘を怒鳴りつけた。

「ドアホゥ！　ミヨシ、お前は隠れとれ、って言うたやないか！」

派手で目立つ格好をしているうえに、ぱっと目を惹く美少女だ。飢えた男どもに目をつけられたら襲われかねない。

ミヨシは振袖を左右に振りながら笑った。

「あんなヤツらに追われたってつかまるもんか」

ツンと尖った鼻筋を上に向け、自信満々に言い放つ。たしかにこのミヨシ、身の軽さでは里一番で、軽業師として生計《たつき》を得ている。痩せ浪人など軽くかわして逃れるだろう。

「アホゥ！　相手は痩せても枯れても侍やで。舐めてかかったらアカン」

「あたしがドジを踏んでつかまっても、鬼蜘蛛兄ィが助けてくれるんだろ」

濡れた舌先をチラリと覗かせて、挑発的に微笑した。

鬼蜘蛛はドキリとした。

旅に出る前はションベン臭い小娘だったのに、すっかり大人の色香を発散させている。

――ほんま、女というのは化け物や。

鬼蜘蛛や百舌助だって、痩せ浪人など怖くない。しかし、得意の技を見せびらかしたら忍びであることがバレてしまう。

鬼蜘蛛はこっちから挑発をしかけそうなミヨシの腕を引っ張って、商家の裏手に引き込んだ。

「で、なんなんや、あいつら」

山積みのガラクタの上に腰を下ろす。百舌助は鬼蜘蛛の正面に、身を低くしてしゃがみ込んだ。ミヨシは突っ立ったまま、つまらなそうに足元の小石を蹴飛ばしている。

百舌助が顔を寄せてきて、小声で答えた。

「薩摩が琉球に兵を出すことになったんでさぁ」

「またか」

「へぇ、それで浪人衆が一旗揚げようと集まってきた——という寸法でさ」

「なるほどな」

戦で手柄を立てて、島津家に取り立ててもらおうという算段だ。

あるいは、琉球を新天地と定めて、琉球に入植する腹づもりなのかもしれない。

ミヨシが口を挟んできた。

「菊池ノ里に告げたほうがいいかな？　浪人者が来たよ、って。あの勢いで里に雪崩《なだれ》込まれたりしたら面倒だ」

「ううむ、そんな無茶はせんと思うが」

目的を持った浪人者は、目的に向かってまっすぐ進んでいくから、かえって安全だ。

彼らも『乱暴など働いて、牢に入れられたりしたら、せっかくの好機を棒に振る』と考えているであろう。

浪人者が危険になるのは、目的を喪失して自暴自棄に陥ったとき、なのである。

九州には浪人者が腐るほどいる。

戦国末期の、島津、大友、龍造寺など大名家の覇権争いに巻き込まれ、多くの大名家が攻め潰された。

その次に秀吉政権が食指を伸ばしてきて、豊臣傘下の大名たちが九州に扶植してきた。加藤清正などがそれである。彼らに追い出される格好になり、もともとこの地にいた多くの土豪が浪人となった。

さらに関ヶ原の合戦の処理でいくつもの大名家が取り潰された。またしても多くの浪人が出た。

戦国の世が終わり、いらなくなった兵士がリストラされている時期でもある。戦に備えて過剰に抱え込んでいた人員が、平時向けの人数に減らされる。戦国時代とは、武士にとっては、経済の高度成長期に相当する。秀吉ほどのめざましい成功者はいうまでもなく、皆それぞれに小さな成功を収めた。

が、朝鮮出兵、明国征伐の失敗で、右肩上がりの時代は終わった。これからは狭い国土の中で、過剰な人員が小さなパイを奪い合う時代に入ったのだ。押し出された者は、琉球へでもどこへでも行くしかない。

行き場をなくした浪人たちが日本じゅうを彷徨《さまよ》って歩く。

こんな時代に家光は将軍になってしまった。

このとき鬼蜘蛛が見ていた光景は、まさに、家光の時代を象徴することになるのである。

「とにかく、これじゃ商売にならんわなぁ」

町人たちは家に閉じこもって戸を閉めている。芸などやっても浪人が投げ銭をくれるとも思えない。

「お前らは里に帰れ」

「鬼蜘蛛兄ィは？」

ミヨシが円《つぶ》らな目を好奇心に輝かせて、顔を寄せてきた。

「わしはあいつらを追けてみる。加藤の殿様のご領地を抜けるまでは安心でけん」

「ならあたしも」

「アカンわ！　ガキの遊びと一緒にすんなや！」

ミヨシはプッと膨れた。

鬼蜘蛛は百舌助にきつく言い聞かせた。

「ええな、ちゃんとミヨシを里に連れて帰るんやで。言いつけに背《そむ》いたら逆さ吊りや。わかったな」

さも不服そうな返事を背中で聞きながら、鬼蜘蛛は通りに走り出た。

三

熊本の市中には菊池一族の隠れ家がいくつか置かれていた。鬼蜘蛛はそのうちの一つに駆け込むと、手早く武士の装束に着替え、何食わぬ顔で浪人たちの後ろについた。浪人に紛《まぎ》れて内部を探るつもりである。

熊本城下の長六橋《ちょうろく》から南に向かって薩摩街道が延びている。その名のとおり、島津家領の薩摩国に通じる道だ。

浪人一行は薩摩街道をノシ歩きながら南進し、宇土《うと》に入った。

この地にはかつて、キリシタン大名の小西行長が本城を置いていた。当然、キリシタンとは縁が深いし、その数も多い。今は加藤家の領地となっているが、かつての敵地でもあり、異教徒の住む町でもあり、なかなかに統治の難しい土地柄であった。

浪人集団には、当然、加藤家の監視もつけられている。武装した武士たちが街道筋の脇道を固めていた。

しかし、浪人たちの目的は明白であり、放っておけば薩摩に行ってしまうのだから、わざわざちょっかいをかける必要もない。通過を黙認するから、とっとと出て行ってくれ、といったところだ。


夕闇が迫った。

わずかなりとも金のある浪人は旅籠に足を向けた。その金すらない者たちは、寺院や神社の敷地に入って野宿する。こうなれば相身互いで、皆で火を焚き、米を持ち寄って煮炊きを始めた。

鬼蜘蛛は貧乏浪人の集団に混じった。本物の浪人ではないので金はある。金がある、というのはそれだけで偉い。米や酒を買い与えてやれば、即座にちょっとした顔役になれた。

焚き火を囲んで車座となり、徳利を回す。街道ではムッツリと寡黙な浪人たちだったが、酔いが回ると途端に饒舌になった。

「おのしはどこからまいられた」

熟柿《じゅくし》のような顔色になった浪人が不気味な笑みを向けてきた。本人にすれば普通の愛嬌なのであろうが、片方の目が潰れている。刀でザックリと斬りつけられた跡があった。

「わしか？　わしはナァ、大坂の豊家に仕えとったんや」

鬼蜘蛛は雲田鬼五郎《くもたおにごろう》と名を偽り、経歴も偽った。

なにやら微妙な気分になる。真っ赤な嘘の経歴だが、太閤秀吉の遺児とは行動をともにしている。大坂浪人どころの話ではない。

浪人たちが訝しげな視線を鬼蜘蛛に向けている。

大坂といえば日本の中心だった町だ。『都』である。

豊臣家と言えば関白家である。貴族だ。

鬼蜘蛛の人相風体は『都ぶり』からはほど遠い。関白家の家士にしては雅やかでもない。

が、仮に本物の大坂浪人がいたとしても、大坂の滅亡から十年。永の浪々で人相も卑しくなる。それに、秀吉自身も貧農の出で、初期の家臣は野伏《のぶせり》も同然の連中だ。

小金を持っていて、かつ、惜しげもなく分け与える度量は豊臣家ふうでもあるし、とくに何も言わずに納得したようだった。

「麿《まろ》の奢《おご》りやでェ。遠慮のぅ飲んでくりゃれ。ホホホホホ」

鬼蜘蛛は如才なく振る舞いつつ、それとなく様子を探りはじめた。

「しかしやなぁ、こんなに大勢で押しかけて行って、島津はわしらを追い返したりはせんかのぅ」

島津という家は、かつて、九州全土をほぼ制圧していた。ということはつまり、九州全土を占領できるだけの数の兵士を揃えていた、ということだ。

その後、秀吉との戦に負けて薩摩・大隅の二国に領土を削られた。それはつまるところ、余剰人員が大量に発生した、ということだ。

それらの余剰人員に十分な領地を与えるため、島津は朝鮮出兵に参加して、積極的に戦った。

だが、朝鮮出兵は失敗し、またしても、兵たちの行き場がなくなった。

そこで今度は琉球制圧だ、ということになったのだが、そんな次第なので兵士は十分すぎるほど抱えている。足りないということは絶対にない。

だが、浪人たちは呑気に酒と肴をカッ食らっている。

「さあな。しかし、なんといっても異国との戦じゃ。島津一国だけでは手に余ることもあるじゃろうて」

鬼蜘蛛も浪人たちも、琉球という国がどの程度の国土をもっているのかを知らない。無知ゆえの勝手な妄想で『広大な土地が広がっている』と勘違いしていても不思議ではない。

「それにな」

浪人者は声をひそめた。

「イスパニアも琉球国を狙っとる、という話じゃ。島津とイスパニアの戦になれば、どうでもわしら浪人衆の力が要りようになろうわい」

本当にイスパニア国との戦争となれば、日本国じゅう総ざらいで武士の動員が必要になるであろうが、これまたそこまでの知識は持っていない。

「ようし、踊るべぇ」

なおもクドクドと探りを入れようとする鬼蜘蛛を遮って立ち上がると、浪人は寒空の下、上半身裸になって歌い踊りはじめた。

鬼蜘蛛は少し後悔した。飲ませすぎてしまったらしい。

浪人たちは下品に喚き、食い散らかしておだを上げた。

浪人たちだって戦は恐いのだ。陽気に振る舞って『狂って』いなければ不安に押しつぶされそうにもなる。

だから余計に騒がしく、熱狂的な酒盛りとなった。

だが。

そんな一団の中で、妙に静まり返っている者たちがいた。

行儀よく車座に座って、なにやら黙々と祈りを捧げている。『ゼンチョ』とか『オラショ』とか、呟いているのが聞こえてきた。

鬼蜘蛛はそれとなく様子を窺った。

――キリシタンやな……。

キリシタン浪人は、普通の浪人たちよりもさらに厳しい境遇に置かれている。徳川幕府がキリシタン禁令を発してのちは、彼らを取り立てようとする大名家はなくなった。

それでも棄教することもなく、敬虔に祈りを捧げているのは、ある意味見上げたもんや、と鬼蜘蛛も思うのだが、しかし。

――こら、おかしいで。

鬼蜘蛛は下唇を突き出した。

島津家がキリシタンを厳しく弾圧していることは、鬼蜘蛛でも知っている。島津家の取締りのせいでキリシタンが隣国の肥後に流れ込んできて、加藤家はえらい迷惑を被っていたからだ。

——それやのに、キリシタンどもが島津に加勢しよるのか。

島津が受け入れてくれるはずもなさそうに思える。

鬼蜘蛛は、陽気に踊る浪人者の袖を引いた。

「なんでキリシタンがおるんや」

浪人はニヤニヤとだらしのない笑みを浮かべ、鬼蜘蛛の腕を取った。

「あんたも踊ろうじゃないか。大坂の踊りを見せてくれや」

手足を取られて無理やり踊りに参加させられた。上方の踊りなら、まぁ、お手のものだ。幽玄でも麗しくもないが、滑稽な舞ならいくらでもできる。

「おお、さすがは上方者じゃのう！　見事なもんじゃ！」

浪人たちに大ウケした。

「ちょ、ちょっと待たんかい——」

芸人の性で、いい気になりそうな自分を慌てて抑え、もう一度浪人に訊ねた。

すると浪人は、酒臭い息を吐きながら、聞き捨てならぬことを言った。

「『なぜおる』も何も、薩摩の戦に合力する触れを回して、我らを集《つど》ったのはあいつらぞ」

「なんやて」

浪人は深く考えてもいないらしい。

「あいつらの中に、薩摩の家臣でも混じっているのであろう」

「んなわけあるかい！」

鬼蜘蛛は、酔っぱらいの輪から抜けた。

——こら、聞き捨てならんわ。

その話がほんとうなら、この浪人集団は、琉球討ち入りの加勢などではない、ということになる。

だとしたら、なんの目的で、腕に覚えの浪人たちをかき集めたのか。

——どうしたらええんや。

鬼蜘蛛はチラリと横目でキリシタンたちの様子を窺った。手練の忍び、鬼蜘蛛も、キリシタン社会に潜入するのは難しい。

四

信十郎は鄭芝龍や渥美屋庄左衛門から伝えられた情報を持って、菊池ノ里に戻った。

すこし遅れて鬼蜘蛛も駆けつけてきた。

九州南部から琉球国にかけて、島津、イスパニア、キリシタンたちを巡って何か途《と》轍《てつ》もないことが起こりかけている――ということは理解できた。大長老は族長たちを召喚し、岩室での会議を開催した。

普段は方針を巡って無駄に紛糾する長老会議も、今回ばかりは異議を唱える者もなく、粛々として進んだ。

キリシタン浪人の存在は、守旧派にとっては『日本国の神を崇めようとせず、異国の神に魂を売った不逞の輩』という認識であり、加藤家随身《ずいじん》派にとっては『御家にとって危険で領内の治安を乱す非合法集団』であったし、宝台院派の大津彦にとっても『徳川幕府の禁教令を守らぬ連中』で、すべての派閥にとって敵だったからである。

長老たちが発言した。

「しかも、イスパニアから援助を受けておる、とは聞き捨てならぬ」

「すなわち、日本国そのものを攻めるつもりか」

信十郎が鄭芝龍の館で聞かされた話がほんとうなら、そういうことになる。

鬼蜘蛛と一時行動をともにした浪人衆はまったく知らぬことながら、いずれは言葉巧みにイスパニアの手勢に引き込まれるのであろう。

生活に困窮した痩せ浪人たちだ。将来を約束してくれる相手さえいれば、喜んで身を投じるに違いない。

そもそも彼らは島津にはなんの義理もないのに、島津のために戦おうとしてやって来たのだ。条件次第でイスパニアに乗り換えたとしても不思議ではない。九州の武士たちはキリシタンには抵抗感がすくない。

大長老が白い髭をしごいた。

「ますますもって、捨て置けぬな」

菊池一族は南朝の皇室に仕えた忠臣だ。皇室、日本国、というものを何より大切に考えている。

そんな理由で、明国人の鄭芝龍と義兄弟の契りを交わした信十郎などは、菊池彦として大きく問題なのであるが、それはさておき、

「我らの膝元を、異国人どもに踏み荒らされるわけにはいかぬ」

ということで、一決した。

信十郎は菊池彦の館に戻った。集落を見下ろす高台に、集落の中では最大の大きさ

で軒を広げている。柱も壁も真っ黒で、いったい何百年間そこに建っているものやらわからない。

自分の家——という実感はまったくない。そこは先代菊池彦との思い出の詰まった場所だ。彼の気配がまだそここに残っているように感じられた。

それでも『帰宅した』という気分には、なった。

信十郎は、ふと、足をとめた。なぜ、そんなふうに感じたのか不思議だったのだ。信十郎という男は、風のように諸方を渡り歩いてきた。どこか一所に心を残す、などということは一度たりともなかった。

——ああ、そうか……。

館には、キリを残していたのである。

——キリのところに帰って来た、ということか。

それはともかく、村に一人で残してしまって大丈夫だったろうか。キリはお世辞にも人づきあいがうまいほうではない。菊池彦の新婦の元にはひっきりなしに挨拶が来ていたはずだ。キリが愛想よく捌《さば》いていたとは、とうてい思えなかった。

門の所で村の男たちと鉢合わせをした。皆一様に酔っている。顔は真っ赤で千鳥足、吐く息が酒臭い。

「これは、菊池彦様」

酔漢ならではの図々しさで、馴れ馴れしく挨拶をよこしてきた。

「姫御前様にご挨拶にきた帰りですのじゃ」

と、乱杙歯を剝き出しにして笑った。

「そうか。うむ。……俺もいればよかったのだが。留守にしてすまなかったな」

信十郎は身を硬くして挨拶を返す。キリがいったい、どんな対応をしたのか、心配でならない。

すると酔漢たちは、ニマーッと、満足そうに笑った。

「たいそうなおもてなしを受けましただ」

「海のようにお心の広い、心根のお優しい姫御前様じゃ」

「わしらのような下々《しもじも》にも、ご機嫌よくお声をかけてくださった」

「ありがたいことじゃ」

信十郎は我が耳を疑った。

たいそう評判のよい姫御前様だが、それはほんとうに、あのキリについて語っているのであろうか。誰か別人と取り違えをしているのではないのか。

信十郎は酔漢たちを見送ると、心なしか急ぎ足で館に上がった。

奥からはガヤガヤと、大勢の立ち騒ぐ気配がある。信十郎は奥座敷に突進した。

ガラリと杉戸を開ける。途端にムワッと、酒の臭いが押し寄せてきた。

「ウプッ」

思わず鼻を押さえてしまったほどだ。

よどんだ空気のモヤモヤと立ちこめる中に十数人の男たちが座っている。一番上座にキリがデンと腰を下ろし、朱塗りの大杯をグイグイと傾けていた。

男どもが「ヤンヤヤンヤ」と囃し、キリの飲みっぷりを褒めそやす。誰も、菊池彦が帰館したことになど気づいていない。

キリはプハーッと、息を吐いた。空になった大杯を片手でグイッと押しつける。

「次はおのれじゃ。飲め！」

キリに酒杯を押しつけられたのは、本来なら、座敷をともにすることも許されぬ身分の貧農だった。手に杯を掲げたものの、恐縮しきって身を硬くさせている。

「飲め飲め！」

キリが銚子を手に取って、ドバドバと注ぎ入れた。貧農がおどおどしながら口をつけると、満足そうに高笑いして、開いた扇で煽りたてた。

周囲の男どもも盛んに囃す。

貧農がようやく飲み干すと、「それ、もう一杯いけ！」と命じてふたたび酒を注いだ。

信十郎は唖然とした。

これではただの飲み比べである。せいぜい飲み友達程度にしか見えない。

これはなんとしたことか。評判がよいのは結構だが、こんな評判はちょっと困る。

信十郎は頭を抱えてしまった。

五

江戸城奥向き。お江与の長局。

おときが足音を忍ばせて座敷に入ってきた。他の侍女たちは必ず外で声をかけ、許しを得てから入室するが、この侍女だけは忍びやかに出入りする。パードレ・ロドリゴの密書を携えていたからだ。

お江与にとっては心を許せる同志である。最近では、身分を越えて友情らしきものまで芽生えていた。

「パードレ様からの書状でございます」

帯の深くに押し込んでいた紙を引き出して、お江与に手渡す。お江与は書院に膝行し、障子越しの陽光に翳した。老眼が進んでいるわけではないが、そうしなければ読めないほどに小さな文字でびっしりとしたためられていたからだ。

文字を追うに従って、お江与の表情に歓喜が兆してきた。頬が紅潮し口元が綻ぶ。さすがは浅井三姉妹。ただそれだけで生来の美貌を取り戻した。お江与がこれほど美しい女だったとは。普段仕える侍女たちは険しい般若顔しか知らない。おときを除けば一人も気づいてはおるまい。

「なんと書かれてあるのでしょう」

お江与の上機嫌に釣られて、ついうっかりと、声をかけてしまった。しかしお江与は無礼を叱責することもなく、満足そうに頷いて、美貌をおときに向けたのだ。

「九州にキリシタン浪人があまた集結し、蜂起の時を待っておる。皆々、忠長に恭順し、日本国を神国にするため、一命を投げ出す覚悟――とのことじゃ」

おときも笑顔で平伏した。

「大願成就にございまする」

「うむ！　まもなくイスパニアの商船が八代海に入り、キリシタン浪人に新式の火縄銃を手渡す算段じゃ。ああ、胸が高鳴る！　嬉しゅうてならぬぞえ！」

二人は笑みを交わすと、胸の前で十字を切ってデウスに感謝の祈りを捧げた。

「あとは、江戸のキリシタンの蜂起を待つばかりにございまするな」

「それは、秀忠と家光が九州に出陣してからのことじゃ。――ゆめゆめ気取られてはならぬ。焦ることはない、と申し伝えよ」

夫と息子の名前を呼び捨てにした。ほとんど『神の敵』扱いである。

おときの同志は江戸や天領を飛び回り、キリシタン武士たちに檄《げき》を飛ばしている最中だ。いずれ数千のキリシタン武士が集められる予定であった。

「あとは、キリシタンが九州で挙兵し、パードレ様からの吉報を待つばかり」

「うむ。おときよ、神の御国を招来するため、我らは骨身を惜しんではならぬぞえ」

「御台様の仰せのとおりにございまする！」

二人は満面の笑みを交わしあった。

六

深夜。

菊池の者たちが三々五々、出陣していく。武士の出陣とは異なり、密やかに、音もなく、少数の組に分かれて里を離れた。

忍ノ者の特有の出陣である。戦国時代には、皆がこうして里を離れた。ゆえに、出陣する若者たちより、往時を知る老人たちのほうが勇み立ち、おのが伜や孫たちを熱烈に激励して見送った。

菊池一族も形のうえでは武士として加藤家に仕えている。立派な国人領主たちだ。しかしこれは私戦であった。加藤家の陣触れを受けての出陣ではない。

キリシタン一揆との戦いに加藤家を巻き込んではならない――という大長老の判断で、隠密裏に浪人たちを掃討することとなった。

肥後加藤家五十二万石の領内にはキリシタンがいたる所にいる。彼らを刺激して大規模な一揆を引き起こしてはならない。

とくに今は、将軍家代替わりの微妙な時期だ。ここで一揆を引き起こせば将軍家は混乱する。また家光は、おのれの治世の開始早々に不祥事を起こした加藤家を許しはしないだろう。

家光の将軍襲職を上下こぞって祝い、世は波風も立たず平穏無事。そういう天下を演出せねばならない時期なのである。

信十郎は館の前でキリの見送りを受けた。

「オレは行かなくてもいいのか」

キリは不服そうに唇を尖らせた。

信十郎は笑って、殺る《や》気満々のキリを押しとどめた。

「そなたは里を守るという役目がある。俺が留守のあいだは、この里と館を守るのはキリの務めだ」

「女というものは、つまらないものだな……」

とか言いつつも、以前のように我意を張らないのは、菊池彦の妻としての自覚が出てきたからであろう。

「里を守れと言われても、何をすればよいのか見当もつかん」

信十郎は苦笑した。

「いつものように酒でも飲んでおればよい。里に置いていかれた老人たちは、さぞ憤懣を託《かこ》っておることであろう。酒でも飲ませてご機嫌をとってやれ」

「年寄の繰り言を聞かされるのはウンザリだぞ」

とかなんとか言っているが、キリは老人たちからの評判もよかった。やはり服部家の姫。人の心の扱いは、習わずして身につけているようだ。

「ああ、そうそう」

キリがポツリと口を開いた。

「大長老だが、あの男は、酒が飲めるのか」

菊池彦の代理として、大長老と折衝せねばならぬ場面も出てくるかもしれない。キリにとって人づきあいとは、酒を酌み交わすことに等しいらしい。

「ううむ？」

大長老は酒を飲むのか、など、信十郎にとっては、考えたことすらない問題である。若い頃は女にモテたと豪語するぐらいであるから、酒だって飲むのかもしれない。

――いや、待て。

信十郎の脳裏に、岩室で酔いしれて、おだをあげる大長老とキリの姿がよぎった。

「いかんいかん」

想像するだにおぞましい。そんな姿は見たくない。

信十郎は慌てて首を振った。

「大長老様に酒など勧めてはならんぞ」

「そうか」

キリはつまらなさそうにして、頷いた。

そのとき。菊池彦の館に向かう小道のほうから、騒々しい声が聞こえてきた。

見れば、鬼蜘蛛と百舌助にミヨシがまとわりついている。自分も連れていけ、と言って、騒いでいるようだ。

キリが「フン」と鼻を鳴らして失笑した。

「鬼蜘蛛のヤツ、女に好かれるとは珍しい」

「そんなことではあるまい。ミヨシは鬼蜘蛛にとって、妹のようなものだ」

するとキリは、ますます皮肉げに唇を歪めて笑った。(何もわかっておらぬな)とでも言いたげな顔をした。

騒々しい三人連れが菊池彦館の門前まで、もつれ合うようにしてやって来た。

「信十郎、いや、菊池彦様、なんとか言ってやってくれ」

さすがの鬼蜘蛛が辟易とした顔をして、助けを求めてきた。

信十郎は内心おかしくてたまらなかったが、ここは威厳を取り繕い、頭ごなしに言い聞かせた。自分勝手は里の規律を乱す。そして、ミヨシの身が心配だったこともある。

「ミヨシ、お前は里の留守番だ」

ミヨシは物おじもせずに食ってかかってきた。

「あたしだって、みんなと同じように働けるよ！　百舌助よりあたしのほうが強い」

「なんだと⁉」

今度は百舌助が激昂する。収拾がつかなくなりそうなので、慌てて言い添えた。

「里を守ることが、そなたの忍びとしての役目であろう。戦に出るばかりが働きではないぞ」

ミヨシは唇を尖らせて黙った。

キリは、袖で口元を押さえて、「フフフ」と隠微に笑った。

「ミヨシとやら。案ずるな。鬼蜘蛛はよそで女にもてるような色男ではない」

すると、驚いたことに、ミヨシの顔が真っ赤になった。

「そ、そんなんじゃない！」

慌てて身を返して、飛び跳ねるように逃げていった。

信十郎は呆然として見送る。キリは「そぅれみろ」と言わんばかりの上目づかいで得意気に、信十郎の顔を見上げた。

信十郎も里を離れ、夜の山道を駆け下った。

背後には鬼蜘蛛と百舌助が従っている。

七

数日後の夜――。

薩摩に土着の西郷一族、伝九郎が、熊のような巨体をやや丸め気味にして、菊池ノ里に入ってきた。

手には松明《たいまつ》をかざしている。別段、姿を隠す様子もない。

菊池ノ里は余人には見えない関所で護られている。伝九郎が踏み込むと、ザワッと怪しい気配が木立の中で揺れた。殺気が伝九郎を取り囲んだ。

「おぅ、菊池ノ衆、案ずるな。オイでごわすぞ」

伝九郎は松明の炎で自分の顔を照らして見せた。熊のような髭面を優しげに綻ばせる。

「オッ、これは、伝九郎様か」

村境を護る村ノ衆が隠れ関所から顔を出し挨拶する。

西郷伝九郎は大津彦の一族だが、不人気な大津彦とは正反対、開けっ広げでおおらかな性格なので人気がある。忍び働きでは十人力で働いて、実に頼もしい。仲間内には優しくて暴力を振るう姿など見たこともない。長老衆からも子供らからも娘っこからも、厚い信頼と愛情を寄せられていた。

「夜毎の見張り番、大儀にごわすな。菊池ノ里の安寧は、そこもとたちの働きにかかってごわす。頼みもすぞ」

若輩者にも丁寧に挨拶し、夜の警備を労《ねぎら》って、堂々と関所を通過した。

菊池ノ里に通じる道は、ほとんど獣道も同然であって、また、故意に道に迷わせるための分岐がいくつも作ってある。

道を知らぬ者が夜に通れば間違いなく迷路にはまるが、伝九郎にとっては通い慣れた道だ。雑木林を踏破して、里の外れの小道に出た。

細い用水路の流れに沿って歩いていたとき、さしもの伝九郎をして、ギョッと恐怖せしめる出来事と出くわした。

伝九郎は足をとめ、思わず刀の柄に手をかけてしまったほどだった。

真っ白な人影がフラフラと彷徨《ほうこう》している。陽炎のように頼りなく、ほっそりとしていて、おぼつかない足どりだ。時折ふいに足をとめては、「ケラケラ」と甲高い声で哄笑する。そしてまた、フラフラと歩みだした。

どうやら、同じ場所を延々と周回しつづけているようだ。

伝九郎は「幽霊か」と思った。その場所に自分の亡骸でも埋まっているのか、と、想像した。

いずれにせよ通り道だ。女の幽霊が怖くて道が通れない、などと言っていたら薩摩隼人の沽券《こけん》にかかわる。

さらに。伝九郎は優しい男で、幽霊とはいえ困っている者を見捨ててはおけない。成仏できずに迷っているのなら、手を貸してやろうと思った。

坂道をノシノシと下っていくと、幽霊が顔を上げ、伝九郎を見つめてニヤッと笑った。

黒髪をザンバラに乱している。顔面は白粉《おしろい》で真っ白に塗りたくり、目の周りには黒い墨が塗られていた。

「……奏ではなかか？」

大津彦の娘に似ているような気がした。

すると幽霊に見えた娘は、ニヤニヤとだらしなく笑いながら、斜めに傾《かし》いだ身体を折って、一礼した。

「伝九郎の叔父様。……お久しゅうございます」

「やはり奏か」

伝九郎は小走りに駆け寄った。

生きている者とわかれば怖くない——はずなのだが、意味もなく薄笑いを浮かべた奏の顔を見て、伝九郎は、背中にゾッと悪寒を走らせた。

奏はヘラヘラと笑っているが、その両目は何も見ていない。南蛮のガラス玉のようだった。

狂女というものは恐ろしいものだ。これなら幽霊のほうがよほどにマシだ。と伝九郎は思った。

「この夜更けに、こんな所で何をしておる」

狂人に訊ねても、まともな返事が返ってくるとも思えなかったが、正常な人間はどうしても、異常を目の前にしても正常な態度に出ずにはいられないものだ。

「叔父様」

「なんじゃ」

「わたし、綺麗？」

目茶苦茶に白粉を塗りたくり、墨で目の周りを黒々と塗った顔を寄せてくる。

「菊池彦様は、わたしを綺麗と言ってくださるかしら？」

伝九郎は声も出ない。巨体を硬直させてしまう。

奏は、澄んだ声音で歌いながら真っ白な袖を振って舞いはじめた。

――これはいかん。

伝九郎は顔をしかめた。

娘のこの状況を大津彦は知っているのか。いずれにせよ大津彦の館に知らせてやるのが先だ。館に知らせてやれば、館に仕える者たちが摑まえるなり、座敷牢に押し込めるなりするであろう。

伝九郎が背を向けると、奏は歌と舞をやめて、声をかけてきた。

「父の館においでですか」

「そのとおりじゃが」

奏はニンマリと艶笑した。

「それでは一緒にまいりましょう」

「うむ」

館に帰ると言うのなら、追い回して摑まえる手間がはぶけてよい。

伝九郎は大きな背を揺らしながら大津彦の館に向かう。その後ろを、袖を振り振り、幽鬼のような娘がつづいた。

館に着くと、奏はフワリと床に上がって、汚れた足も拭わずに奥へ向かった。

「伝九郎叔父様のご到来～」

唄うように告げながら走り去った。

濯《すす》ぎを持って現れた下女に、伝九郎は顰め面《つら》で訊ねた。

「なにゆえ、放っておくのじゃ」

すると下女は伝九郎よりもさらに顔を顰めさせて首を横に振った。

「誰にも姫様を摑まえられねぇですだ」

「なぜ？」

「姫様も菊池の娘ですからの。伝九郎様が摑まえてくださる、と仰るなら、是非とも摑まえていただきたいものですだ」

「ふぅん」

瀕死の蝶みたいな姿だが、あれでなかなかの忍術上手と見える。

さらに狂人というものは、いわゆる馬鹿力を発揮するものである。伝九郎もその事実は知っている。

——油断ならぬな。

伝九郎は館に上がると、鴨居に頭をぶつけないように身を屈めつつ、奥の座敷へノシノシと進んだ。

奥の座敷には仏頂面《ぶっちょうづら》の大津彦が座っていた。その横には奏が、不気味な薄笑いを浮かべて侍っている。

伝九郎が入っていくと、大津彦は不機嫌そうに横を向いた。親族とはいえ、狂人になった娘の姿を見られたくはない。しかし、父親の手でも取り押さえられないのであるから仕方がない。

さらに。蓮青尼との一件で、殺意を向けられてからというもの、大津彦は伝九郎を警戒している。恐怖と憎しみと遠慮がまじったような、なんとも形容しがたい態度をとっていた。

伝九郎は気づかぬ素振りで遠慮なく、ドッカと腰を下ろした。

「聞きもしたぞ」

そう言って、熊のような顔を綻ばせた。大津彦はしばらくそっぽを向いていたが、伝九郎がそれきり何も言わないので、仕方なく、

「何を」

と、訊ね返して、話の先を促した。

伝九郎は大きな身体を揺らした。

「菊池彦様の采配で、里の者たちが薩摩に出張るそうでごわすな」

「薩摩ではない。八代《やつしろ》か水俣《みなまた》か、あのあたり。小西行長の旧領じゃ」

「左様でごわすか。なんにしてもたいそうなご威勢じゃ。菊池の者ども、新しい菊池彦様の元で働ける――と、喜び勇んでおりもうしたぞ」

「ふん」

大津彦はさらに不機嫌げに鼻を鳴らした。

伝九郎はニヤニヤと笑った。小柄な大津彦の目線からだと、天井近くで笑っているように見えた。

「何がおかしい」

「兄者のことよ」

こんなときだけ親族ぶって『兄』などと呼ぶ。親しげな笑みの底の腹深くに、何か思惑を隠していそうだ。

警戒して気を引き締める大津彦を尻目に、伝九郎は滔々と語りはじめた。

「菊池彦様がお戻りになる前は、大津彦の親方が菊池ノ里を切り盛りしておわした。

大長老は何もなさらぬ。他の族長は黴の生えた石頭。大津彦サマがお指図を下さねば、にっちもさっちもいかなんだ」

そのとおりだ――という自負は大津彦にもある。ありすぎるぐらいだ。

「しかし、大津彦サマの天下も、これで終わりよのぅ」

「なにを馬鹿な――」

このわしの智嚢と財力なくして、菊池ノ里の経営は成り立たない。いずれ菊池彦もその事実に気づき、向こうから頭を下げてくるであろう。

そう言って自負を吐き出すと、黙って聞いていた伝九郎が、

「左様でごわすかな？」

と、意味ありげに大津彦の目を覗き込んできた。

「何が言いたいのじゃ」

「あの菊池彦は、まさに真珠。欠けることのなき、まったき珠じゃ」

菊池ノ里の勢力は大きく三つに分かれている。

一つの派閥は大長老を中心とした『守旧派』。二つめは加藤家に姫を送り込んだり、自らも武士として臣従する『加藤家随身派』。三つめは天下を取った徳川にすり寄ろうとする『世俗派』。

これら三つの派閥は、互いに相入れない者たちであるのに、そのすべてが信十郎に満足している。菊池彦その人であり、加藤清正の猶子であり、徳川家とも親しいからだ。信十郎に従ってさえいれば、自分たちの目的が叶うと信じていた。

「それがゆえに、あの者は皆に好かれておる」

伝九郎はニヤリと笑った。

「あの者を次代の菊池彦に選んだ先代様は、まっこと、よい目をしておわしたな」

「褒めてばかりじゃな」

大津彦は気分が悪い。

「ゆえにじゃ」

伝九郎が巨体をズイッと押し寄せてきて、囁いた。

「あの者を里から追い出すのなら、できるだけ早いほうがよかでごわす。今がその好機――とは思わぬか」

「何を言う」

おのれを大人物に見せかけるのがなにより好きなくせに、ほんとうは小心者の大津彦は目を剝いて聞き返した。

伝九郎は余裕たっぷりに微笑んでいる。だが、その一見優しげに微笑んだ瞼の底で、陰険な眼差しを炯々と光らせていた。

「今、里の者は皆、あの者に連れられてキリシタン浪人討伐に向かっておる。関を通ってきたが、護りについておるのは若輩の青二才《あおにせ》ばかりじゃ」

それから、チラリと奏に目を向けて、

「娘子を捕らえることができる者すら、今の里には一人もおらぬ」

と言って笑った。

奏はだらしなく座り、壁に背中を預けて同じ歌を繰り返し歌っていた。

「だから、なんじゃ」

伝九郎はさらに声を潜めた。

「宝台院様の手勢が、里を襲う」

「なんじゃと⁉」

「シッ、声が高い」

伝九郎は巨大な手で大津彦の肩を押さえた。伝九郎にすれば、なんの気なしの行動だったのかしれぬが、大津彦は、このまま首の骨でも折られるのではないかと思って恐怖した。

「ど、どういうことじゃ」

「聞いてのとおりよ。宝台院様配下の忍びたちが里を焼き討ちにする。オイとワイとはその手引きをいたすのだ」

大津彦は慄然とした。

「菊池ノ里を滅ぼす気か！　そこまで手を貸すつもりはないぞ！」

大津彦という男、これでも菊池の一族である。名族の誇りは棄てていないし、彼なりに一族を大切に思っている。自分が一族の長に立つことを夢見ているのだ。里を滅ぼしてはなんにもならない。

伝九郎はニヤリと笑って首を振った。

「里を滅ぼすだと？　馬鹿を言うな。オイにとってもこの里は故郷でごわすぞ」

「わかるように申せ」

「宝台院様のご了見は、あの信十郎を討ち果たすこと。それにはまず、信十郎と菊池ノ里とを切り離しておかねばならぬ」

「菊池彦を」

伝九郎は大げさな身振りで呆れた。

「なにが菊池彦か。あいつは余所者ではなかか。故太閤にはわずかばかり菊池の血が流れておったかもしれぬが、そんなもの、道々外生人なら珍しくもなか」

「うむ。……わしも、あの余所者が菊池彦であることには、納得いかぬ」

「オイたちは信十郎を里にいられなくさせればよい。……面白い話を聞いた」

「なんじゃ」

「あのキリとか申す服部家の姫御前、あれは宝台院様を裏切った曲者じゃ」

「なんじゃと」

「宝台院様のご配下は、服部のキリを討ち果たしに来た、という名目で里に踏み込む。これは宝台院様と服部との私闘。菊池ノ里はいわば巻き添えじゃ。宝台院様を裏切った不埒《ふらち》な女子《おなご》を里に連れ込んだ信十郎が悪い――とまぁ、そういう話になる」

そのとき突然、奏が奇声を発して飛び跳ねた。

「キリ様を殺すのかえ⁉」

大津彦も、伝九郎も、ギョッとして目を向けた。奏は長い振袖を振りまわし、舞うような仕種で身をくねらせた。

「あたしがキリ様を殺す！　ねぇ、よいでしょう、お父様⁉」

「お、お前、何を――」

我が儘に育った幼子が『このお菓子はあたしのよ！』と手前勝手に決める姿に似ていた。そんな無邪気な口調で、恐ろしいことを宣告した。

大津彦は絶句し、さすがの大気者の伝九郎でさえも目を丸くしている。

奏はケタケタと笑った。

「キリ様さえ亡きものにすれば、菊池彦様はあたしのモノ！　ねぇ、そうでしょう、お父様」

どこに隠し持っていたのか、ゾロリと長い袖の中から鋭い短刀をいきなり突き出した。「えいっ、えいっ」と空中を斬る。

伝九郎は、一瞬の動揺からすぐに立ち直ると、余裕のある笑みを取り繕った。

「娘子のほうが、物の道理をよく見通しておるようでごわすな。――大津彦殿、これは宝台院様がお決めになられたことでごわす。我らには、否も応もごわさん」

大津彦は、憑《つ》かれたように短刀を振る娘と、巨体で迫る伝九郎とに挟まれて、ただただ脂汗を滴らせるばかりであった。

第五章　暗夜行

一

夜。信十郎と鬼蜘蛛を乗せた小舟が八代《やつしろ》の海に漕ぎ出していた。

波は穏やかで月もない。闇の中で櫂《かい》の軋《きし》む音だけが繰り返されている。

星を散りばめた空が明るい。海原の上に黒々と盛り上がって見えるのは天草の島々だ。

船頭は、彼方にポツリと見える小さな明かりに向かって漕いでいる。その明かりはジャンクの舳先に掲げられた燈籠だった。

船頭が合図の灯を振る。ジャンクの船縁から縄梯子が下ろされた。慣れた信十郎はスルスルと、鬼蜘蛛は波の揺れ具合に難儀しながら、ジャンクの甲板に乗り移った。

「お待ちしておりました」

渥美屋庄左衛門がにこやかな笑みを浮かべて腰を折った。庄左衛門が乗り出してきた、ということは、この一件、徳川家の幕閣の誰かにだけは、話が通じているのであろう。が、それが誰なのかは、まだ、わからないが。

信十郎は鬼蜘蛛を引き連れて船内に入った。

船上に御殿のような構造物が建っている。朱塗りの窓枠に青瓦。白い漆喰が塗り籠めてある。船上の櫓《やぐら》と呼ぶにはあまりに豪勢な造りであった。

「よぅ」

鄭芝龍がいつものように気さくに挨拶をよこしてきた。

だが顔つきは厳しく引き締まっている。船室の真ん中に机が置かれ、この近海の地図が広げられていた。

鄭芝龍と配下の船乗りたちが広東語の早口で議論している。信十郎もうろ覚えで広東語を操るが、さすがにこの早口にはついていけない。

配下の者どもが何かを言い、鄭芝龍が難しい顔で頷いた。

どうやら議論は一決したらしい。配下の者たちは一礼して去った。

鄭芝龍は信十郎と庄左衛門を机の脇に呼び寄せた。

「イスパニアの船は、こん島に、いったん荷揚げばしよった」

地図に描かれた島の一つを指し示す。朱で印がつけてあった。どうやらそこがイスパニアとキリシタンたちの仮設軍港であるらしい。

「オイの手下の者が早船で探りば入れちょる。じゃっど、イスパニアも本気の戦《いくさ》支度たい。相手の手の内をぜんぶ探れたわけではなか」

その島の周囲には、さらにいくつかの小島があり、軍港を取り囲むようにして地図に朱が入れられていた。これらは軍港を守るための出城の印だった。

「兵の数はおよそ五百。イスパニアの兵と浪人どもが張りついちょる」

なかなか強固な要塞だ。こちらは敵から丸見えの海上を船で接近し、敵前で浜に上陸して攻め上がらねばならないから、さらに苦戦が予想された。

「島の名は？」

信十郎は訊ねた。

「知らんばい。名もなき島ばい。……『基教徒泊《きりすとみなと》』とでも名づけておこうかい」

八代海には無数の島々が浮かんでいる。地図に載っているような大きな島を取り囲み、さらに多くの無人島が連なっている。

それらの島々のすべてを領主が管掌するのは不可能だ。地元の漁師たちでさえ、すべての島々を漁場としているわけではない。かなりの海域が無人地帯であり、無法地帯となっていた。

であるからこそ、キリシタンや、鄭芝龍のような明人倭寇が隠れ住んだりできるのであるが、その無人地帯にイスパニアが武器弾薬を集積してしまった。

庄左衛門が脂ぎった顔を寄せてきた。

「おちおちとしてはおれませぬぞ飛虹殿。イスパニアの新式鉄砲がキリシタンどもの手に渡れば一大事」

「言われるまでもなか」

鄭芝龍は信十郎に目を向けた。

「菊池ン男衆は、何人連れてきたとやろか」

「百五十三。しかし、里の者は山ノ民だ。船戦はできぬ」

「そいも、ようわかっちょる。手抜かりはなか。島の裏側に陸揚げさせてやるたい」

信十郎は庄左衛門に訊ねた。

「服部衆は？」

庄左衛門は苦笑して首を横に振った。

「我ら、この件にはあまり首を突っ込みたくないものでございましてなぁ」

「それがよか。手柄は倭寇と菊池で山分けたい」

鄭芝龍は地図の朱色を睨みつけた。

「菊池ン衆が島の裏側から奇襲を仕掛け、敵が混乱した隙に、オイたちが正面きって、船で攻め寄せるたい。挟み打ちたい」

簡単にうまくいきそうにも思えるし、そんな簡単にはうまくいかなさそうにも思える。戦なんてものは、所詮そんなものだ。楽観と悲観がせめぎ合う。

「そんなら、いこうかい」

ちょいとそこまで出かけようか、みたいな口調で、鄭芝龍は軍議を打ち切った。

ジャンクの帆が上げられる。船体が大きく揺れて船材が軋んだ。巨船がゆっくりと前に進みはじめる。一官党配下のジャンクが三隻並走していた。

配下の船は鄭芝龍の巨船に比べれば小さいが、それでも日本の安宅船《あたけぶね》ほどはある。それら麾下の船にはすでに、菊池の者たちが乗り移っていた。

一官党の戦旗が夜風にはためく。

二

鄭芝龍の船団がイスパニアの隠し軍港をめざして出帆する、その数時間前。

夕日が菊池ノ里を照らし出していた。

里は阿蘇山系の西側の傾斜地にある。東の標高が高くて、西に向かって裾野が広がる地形だ。ゆえに夕日に照らされるとき、最も美しく光り輝く。

集落も、族長たちの館も、田畑も用水路も、すべてが黄金色に照らされる中を、小鳥が日陰の暗がりを縫うようにして走っていく。

日の当たる場所が眩しいぶんだけ、逆に日陰の闇が深い。小鳥はまだ十歳の子供で、しかも他の子供たちよりずっと小柄だ。草むらの陰や、枯れた水路などに身を潜めれば誰の目にもとまらない。

小鳥は窪地に身を潜めて息をこらし、視線だけをじっと前方に据えた。

――今日こそ、あの娘を摑まえてやる。

小鳥なりの悲壮な決意を胸に秘め、前方の小道をフラフラと歩む奏の背中を睨みつけた。

奏の頭がおかしくなってしまったことは、村の全員が知っている。

知っているからこそ、大人たちは哀れみと好意の感情から、子供たちは面白半分に奏を保護しようとした。摑まえようとした。

だが、奏に手をかけようとした者たちは皆、奏の意外な体術に驚かされ、おのが技の未熟を思い知らされて屈辱を嚙みしめることとなった。

年寄たちは腕を折られ、腰を打ち、子供たちは手鞠のように放り投げられた。小鳥も高々と投げ上げられて溜め池に頭から転落した。冬の溜め池で水量は少なく、水も冷たい。半分凍ったような泥水だ。

若い者たちと働き盛りの壮年が皆、菊池彦に連れられて出陣しているとはいえ、菊池の男衆としてあってはならない醜態だった。

しかし。

年寄たちはかえって納得した様子であった。

「さすがに大津彦は長老をやっとるだけのことはある。大津彦の娘はなかなかのものだ。大津彦家を見直した」

などと言って、逆に喜んでいる始末だ。長老と仰ぐ家の者が圧倒的に強いことは、彼らにとっては喜ばしいことであるらしい。

子供たちのほうは完全に怖じ気づいてしまい、

「やっぱり長老の家の者は恐いんだ。オイラたちとは元から違う」

小さな顔を寄せ合い、細い身体を震わせていた。

ふざけるな、と小鳥は思った。

全身泥だらけにされた屈辱は忘れられない。その格好で笑われながら家まで帰り、母親にはさんざん叱られたのだ。

それに。菊池ノ里の男たちが若い小娘に投げ飛ばされて、それで嬉しげにニタニタしたり、怖がって路を避けたりすることなど、あってはならない。

九州はよく言えば男気を誇り、悪く言えば男尊女卑の傾向の強い土地柄だ。小鳥は子供なりに、『男の体面』を潰されたことに憤っている。

――オイラが一人で摑まえてやる。

里の者たちが誰もやらないと言うのなら、一人でやってやる。

それに。

小鳥は得意気に鼻をヒクつかせた。

皆が怖じ気づいて手を引いた今、自分が一人で奏を虜にしたらどうなるだろう。

村じゅうがびっくり仰天、小鳥の手柄を褒めそやすに違いない。もう誰も小鳥を馬鹿にしたり、『子供は引っ込んでろ』などと頭ごなしに怒鳴りつけたりしなくなる。帰って来た菊池彦様にも褒められて、頭のひとつも撫でてもらえることだろう。

そんな光景を想像し、ますます得意気に鼻を鳴らす小鳥だったが――、では、どんな手段で奏を摑まえるのか、というと、まだなんの目算も立ってはいない。

一日じゅう、身を潜めながら奏のあとを追い、執念深く、隙を探っているばかりだ。もっとも。何事につけて根気がなく、遊び好きの小鳥にしては、驚くべき辛抱だと言えた。

友達が誘いにきても魚釣りにも行かぬ。そればかりか『子供の遊び』全体が馬鹿馬鹿しいものに感じられてきた。

小鳥には自覚がないが、奏に勝利することこそが彼にとっての通過儀礼、大人になるために課せられた試練、だったのかもしれない。

奏は振袖を振り回しながら、フラフラと小道を上っていく。

取り巻きだった娘たちの姿はない。発狂した奏に近寄ることを家の者たちにとめられている。とめられなくても気味悪がって誰も近寄らない。

だいぶ日が傾いてきたが、奏は館に帰る様子もなく、頼りない足どりで彷徨《さまよ》っている。農作業を終え、家路をたどる老人たちとすれ違うが、他人の姿などまったく目に入っていないらしい。

老人たちは奏と出くわすと慌てて道を譲った。族長の娘で、狂人で、恐ろしく強い。ちょっかいを出してもよいことなんか何もない。

通りすぎたあとで「ほっ」と顔を見合わせ、小声で何か、辛辣《しんらつ》な言葉を吐いた。顔を伏せて駕籠を背負い直し、それぞれの家に戻っていく。途中で小鳥が彼らの足元をすり抜けた。

「ワイ、そろそろ家に戻らんか」

小鳥は「うん」とか「ああ」とか生返事をして走り去る。大人たちは小鳥が危険な冒険に挑戦していることに気づかない。

日が落ちて、空は茜色から群青色に変わった。小鳥は相変わらず、物陰から奏の様子を窺っていた。

いつの間にか里の外れまで来ている。人家もなく寂しい場所だ。村の子供たちもこのあたりまで遊びに来ることはほとんどない。草むらの中に粗末な墓標や野仏が転がっていた。

昼なお暗い場所である。夕闇の暗さはなおさらだ。しかし、真っ白な衣を振り回しながら歩く奏の姿だけは、やけに鮮やかに目についた。

――いったい、どこへ行くんだろう。

小鳥は首をひねった。

あてどもなく彷徨しているようにも見えるが、どこか目的の場所へ向かっているようにも思える。

この先には谷川を堰《せ》き止めて村に用水を導く水門があるはずだ。子供が遊び場にして水を汚したり、水門を壊したりしたら大変なので、近寄ることは厳しく禁じられていた。

大長老様が注連縄《しめなわ》を張って呪いをかけた――と、大人たちからは聞かされていた。小鳥が生まれた頃の話だが、大人の言いつけに背いた悪ガキが水門で遊び、呪いにかかって無残な死に方をしたそうだ。

もちろん、子供を脅すための作り話だが、子供たちには効果てきめんで、誰も水門には近寄らない。

水門を開け閉めして、各集落に水を分配するのは高位の族長の権限なので、里の大人たちも近寄らない。迂闊に近寄って、「あいつは勝手に水門を動かし、自分の田に水を引いている」などと噂が立ったら村八分だ。

——水門に近づいたら怒られるな……。

顔の形が変わるくらいに折檻されるだろう。水門はそれぐらい大切な公共物だ。さすがの小鳥も不安になってきた。

しかし、ここまで来て引き返すのも腹立たしい。

——奏が水門に近寄ったから、とめようとした、と言えばいいや。

『そうか、よくやった。お利口だね』とは、絶対に言ってはもらえない。どんな理由があれ、よいことをしても、結局は必ず叱られる、オイラは大人から叱られるために生まれてきたのだ、とはわかっていたが、折檻は軽くてすむであろう。

それにしても。奏の姿には隙がない。一日じゅう歩き回っていたのだから、疲れて座り込んだり、脱力放心する瞬間があってもいいはずだ。その隙に躍りかかって縛り上げようと考えていたのだが、奏はフラフラとした足取りながらも、一向に疲れた気配を見せなかった。

奏の姿が藪の中に分け入った。

と、そのとき。

小鳥は、何か、とてつもない恐怖を感じて身を伏せた。

――だ、誰かおる……！

一瞬にして全身が粟立った。頭の毛穴までゾワッと広がる。これほどの恐怖は今までに一度も感じたことがない。

――藪の中に、誰か、潜んでおる……‼

里の大人たちなんかとは比べ物にならない恐ろしい連中だ。剝き出しの敵意と殺意を放射していた。

忍びとしての訓練を受けていたから感じ取れた殺気――などというものではない。鈍重なただの農夫でも、この場に出くわしたら腰を抜かしてしまうであろう。『恐い人』というのは誰でも一目で判別できる。その恐い人のさらに強烈に凄まじい者たちが藪の暗がりに隠れていたのだ。

――気息《きそく》を絶たないと……！

幸いなことに、恐い連中はまだ、小鳥に気づいてはいない。小鳥が生きているのがその証拠だ。気づかれたら即座に殺される。間違いなく。

小鳥はオシッコをチビりそうになりながら必死に息を殺した。自分の気配を完全に絶てば周囲の景色と同化できる。『かまり』と呼ばれる術だ。忍びの基本であり、猟師たちなども野生動物を油断させるためによく使う。

だが。

体術や手裏剣、かけっこなどの修行は大好きな小鳥だが、かまりの修行は退屈なので大嫌いだった。子供たちを集めての修行では必ず最初に見つかってしまい、師匠の老忍に杖でぶたれた。

どんなに体罰をくらっても、やる気の出ないものは仕方がない。だからまったく上達しない。

もっとまじめに習っておけばよかった。『かまりが下手な忍びは生き残れない』という老忍の言葉は本当だったのだ。駆け足が速ければ、かまりなんかできなくても逃げ延びられる、かまりなんてのはウスノロだけがやっていればいい。などと考えていた自分が馬鹿だった。

小鳥は猛烈に後悔し、反省した。多分、生まれて初めて『反省した』のではなかろうか。この一瞬で小鳥は大人に近づいた。――のだが、その成長が活かせるかどうかはわからない。かまりをしくじったら間違いなく、この場で人生が終わる。

小鳥は泣きべそをかきながらも地を這って、なんと、恐ろしい連中の声が聞き取れる場所にまで移動した。

自分でも、どうしてこんなことをしているのかわからない。常識はずれの恐怖と直面すると、小鳥に限らず人間は、恐怖の源に吸い寄せられてしまうようなのだ。恐怖の源を確かめたくて仕方がなくなる、とでもいうような不思議な感情である。

逃げなきゃいけない——とはわかっている。だが、逃げるという行為はもっと恐ろしい。ここで逃げたら追われて捕まり殺される。間違いなくそうなる。そんな気がする。だから、近づいて身を伏せた。

敵を盗み見るときは、視線を向けてはいけない——という。真っ暗闇の中でも視線を向けられれば、人はそれに気づく。

広場みたいに開けた場所に、二十数人の忍びが集まっていた。車座となった中に奏の姿もある。彼女は相も変わらずヘラヘラと笑っていた。

やはり、老人たちや他の子供らが言っていたことは正しかった。

奏は恐ろしい。おそらく、彼らが想像していた以上に。

さらに。ウッソリと、熊のような巨体が乗り込んできた。目を向けなくても気配でわかる。西郷伝九郎だ。

「里の男衆は、残らず外に出張ってごわす。残っているのは身体も使えぬ年寄と女子供ばかり」

地響きのような低い声で、里の内情を漏らした。

「手強《てごわ》か女忍び衆も幾人かごわすが、そこもとらの敵ではございますまい」

忍び衆はおだてられても笑いを漏らすでもない。あくまで真剣な表情だ。『手強いくノ一が数名いる』という情報を深刻に脳裏に刻み込んでいる——ような気配だった。

忍びの頭目らしき者が、覆面の穴から鋭い視線を向けて訊ねた。

「そのくノ一どもがいずこの屋敷におるのか、お教え願いたい」

いつの間に拵えたのか、村の地図を広げた。

伝九郎は「この家に一人」「この家に一人」と、指で示す。頭目が朱墨で印を入れていく。

「老いた忍びでも、手強い者はおりましょう」

「それなら、この家とこの家に——」

「得意の技は？」

「手裏剣投げの名人として知られた老体でごわすな」

頭目は朱墨を入れ終えると、自らの頭に記憶して、配下の者どもに回した。

忍びたちも地図を読み、手強いくノ一と老忍の住む家を頭に叩き込んだ。

まったく油断がない。

小鳥でさえ、これこそが本当に手練の忍び衆だと理解できた。と同時に、生意気で、相手のことは最初から馬鹿にしてかかる自分の傲慢さを反省した。

頭目が覆面越しに訊ねた。

「キリ殿は」

「常のごとく、菊池彦の館で飲んだくれておわす」

伝九郎は刺《とげ》のある口調で答えた。

「西郷殿」

「なんでごわそう」

「あの女、ただの飲んだくれなどではござらぬ。我ら、半数は討ち取られる覚悟で参上いたした。努々《ゆめゆめ》ご油断召されるな」

「む……」

伝九郎は口をきつく結んだ。

そのとき。

奏が細い喉首を反らし上げ、甲高い声で哄笑した。

さしもの忍び衆もギョッとする。ビクッと跳ねて、背後に飛び退いた者までいた。

「キリ様はあたしが殺す！　そういう約束じゃ！　忘れるなよ！」

頭目は辟易とした。

「忘れてはおり申さぬ。そのお声を静めてくだされ」

集落の外れの山中とはいえ、夜中に女の声は遠くまで響く。

伝九郎は苦々しげに首を横に振った。

「奏の奇声はいつものことでごわす。村の者は慣れてしまって誰も怪しまぬ」

「だと、よろしいがの」

頭目はスックと立ち上がった。

「嚢中を改めよ」

装備に欠けたものがないか、念入りに確かめる。

これから里を襲うのであろう。小鳥は焦った。

――どうすればいい……？

この場で跳ね起きて、一目散に村に駆け戻り、急を知らせるべきか。

しかし、逃げきれるとは思えなかった。否、逃げるも何も、立ち上がった瞬間に手裏剣を投げつけられて即死だろう。

それならこのまま息をひそめて、忍びたちが村を襲いに行くのを黙って見送るのか。

そんなことが許されるのか。

ウジウジと悩んでいるあいだにも、忍びたちは組に分かれてそれぞれ手筈を確認し合った。小鳥は煩悶しつづけるばかりだ。手足はすっかり萎えている。決断力も勇気もどこかへ行ってしまった。

と、そのとき——。目の前にフッと、何者かが屈み込んだ。

「おのし、そこで何をしておる？」

目を上げると、奏の視線とぶつかった。真っ白に白粉を塗りたくり、目の周りだけ墨を塗った狂女が、小首を傾げて、不思議そうな顔つきでしげしげと小鳥を見つめていた。

「隠れんぼか？」

袖を揺らして立ち上がり、

「小鳥みぃ～つけたァ!!」と絶叫した。

小鳥は慌てて藪の下から這い出した。這ったまま逃れようとしたのだが、その瞬間には首根っこをムンズと摑まれていた。

身体が空中に引き上げられる。ばたつく手足が宙を掻いた。

「ここで何をしておる」

目の前に伝九郎の大きな顔があった。伝九郎に摑まれて、ヒョイと持ち上げられた格好だ。

普段の小鳥であれば、悪戯を見つかった気恥ずかしさに愛想笑いでも浮かべるところだが、さすがに今は、そんな気分にもなれない。全身が震える。これから自分は殺されるんだ、という実感に恐怖した。

謎の忍びたちも集まってきた。こちらも凄まじい殺気を漲らせている。

「この小僧は？」

伝九郎は、片手に小鳥をぶら下げたまま答えた。

「菊池ノ里の悪童でごわす」

大きな両目に陰険な光を宿して、小鳥を睨みつけた。

「油断のならない小僧でごわしてな。将来は目端《めはし》の利く忍びになるであろうと目をかけておったのだが……。まっこと、残念でごわすな」

忍びの頭目は、微妙な表情で小鳥を睨んでいる。

「……こんな子供に嗅ぎつけられるとは」

屈辱、憎しみ、菊池一族に対する畏怖など、さまざまな感情が渦巻いているようだ。

「して、どうなさる。伝九郎殿」

「オイたちの談合を聞かれたのでごわす。殺すしか、ござりますまい」

忍びの頭目は同意した。

「同じ菊池の者同士。始末は伝九郎殿にお任せいたす」

「心得もした」

「我らはこれにて」

「ご武運を祈念いたしもすぞ」

忍びの頭目は配下の者どもを引き連れて、菊池ノ里へ向かった。奏が最後につづく。振袖を振り回しながら、しかし、恐るべき速度で走り去った。

あとには伝九郎と小鳥だけが残された。

「さて、小鳥どん」

西郷伝九郎は、片手で小鳥の首根っこを掴んだまま、訊ねた。

「おんしをここによこしたのは、誰の差し金だ？　菊池彦様か。それともキリ様か」

小鳥は口をつぐんだ。

小鳥は、自分が何を言っても、大人は信じてくれない——ということを知っていた。

「カラスは黒い」と言えば「黒いはずがあるまい」と怒鳴りつけられ、「空は青い」と言えば、「青いはずがあるまい」と叱られる。

もっとも、常日頃から嘘ばかりついているから、たまにほんとうのことを言っても「嘘をついている」と決めつけられるのであるが、それはさておき。

ここでほんとうのことを言っても信じてはもらえない。ならば、思いっきり嘘をついてやろう、と、生まれつきの反骨が目を覚ました。

「お前たちのやっていることなんか、菊池彦様は全部お見通しさ！　あいつらが里に攻め込めば、菊池彦様が手勢を率いて戻ってくるんだ！　オイラが合図を送れば、お前たちなんか皆殺しだ！」

と、罵《ののし》った。

すると、伝九郎は大きな顔面を歪めて失笑した。

「菊池彦がおんしのような餓鬼に、そげんな大役を任せるはずがあるまいぞ」

小鳥の思惑は外れた。

何を言っても信じてもらえないのであるから、ここは裏目を狙って、『菊池彦様は何も知らないよ！　オイラは勝手にここに来ただけだよ！』とか、言っておけばよかったのだ。

が、どちらにせよ結果は同じことだったろう。

伝九郎は小鳥の首をきつく握りしめたまま屈み込み、小鳥の身体を地面にギュッと押しつけた。

「可哀相じゃが、ここで死んでもらう」

どうでも殺される運命だ。

伝九郎は腰の脇差しを片手で抜いた。包丁で野菜を押し切るようにして、小鳥の首に刃を当てた。

小鳥は声にならない悲鳴をあげた。手足を必死にバタつかせたが、伝九郎の握力は超人的で、どうにも逃れることができなかった。

そのとき。

「なんだ？　間引きでもいたしておるのか」

と、長閑な声がどこからともなく聞こえてきた。

三

鄭芝龍の指図でジャンクから小舟が海上に下ろされた。

「オイは正面から基教徒泊に迫るばい。イスパニアの者どもが気を取られておる隙に島の裏側に取りつくがよか」

巨大なジャンクを囮《おとり》にする作戦だ。

「わかった。武運を祈る」

小舟を繋ぐ索（縄）を摑んで舷側を乗り越えようとしたとき、水夫の中から一人の若者が飛び出してきた。

「信十郎大哥《ターコー》（兄貴）、オイラも連れていってくれ」

と威勢よく斬り込み隊に志願してきたのは、奄美大島出身の若者、秀昌だ。

鄭芝龍は顔をしかめた。

「まぁた、出すぎたまねばしよって」

叱られても秀昌は挫《くじ》けずに、一心に信十郎を見つめてきた。なみなみならぬ決意と闘志を感じさせている。

琉球王国出身の秀昌にとって、イスパニアは祖国を侵略しようと目論む敵国だ。九州南部にイスパニアの根拠地を与えたら琉球国はフィリピンとで挟み討ちになり、イスパニアの思うがままにされてしまう。

もっとも。日本もまた、琉球を狙う侵略国なのだが、この時代は『日本国』というものはまだ存在していない——と言って過言ではない。琉球を狙っているのは島津という地方政権であり、日本人全体が関与しているわけでもない。

自力で自国を守り通すだけの軍事力を持たぬ国は大変だ。倭寇の力を借りたり、日本人を当てにしたり。

それゆえにこそ、なのか、秀昌は必死である。

信十郎は頷いた。

「わかった。ついてくるがよい。ただし、お主の身を護ってやるだけの余裕はない」

「足手まといになるではなかぞ！」

鄭芝龍も許しを与えた。秀昌はペコペコと頭を下げて感謝の意を表し、索を伝って小舟に下りた。

「それでは飛虹、俺は先に行く。後刻、イスパニアの砦で会おう」

「再見《サイチエン》！」

信十郎も小舟に下りた。

舟には鬼蜘蛛が這いつくばっている。倭寇の水夫が繋留索を解くと小舟が大きく揺れ、鬼蜘蛛は悲鳴を漏らした。

水夫は笑いながら櫂を漕いでジャンクから離れた。帆走のジャンクは見る間に遠ざかっていく。巨大な船体が掻き上げた航跡の波頭から逃れ出て、小舟はようやく安定した。

月もない暗夜だ。ジャンクはすぐに見えなくなった。

水夫は無言で櫂を漕ぐ。大海原に人力では、漕いでも漕いでも一向に進んでいるように感じられない。目印でもあれば別だが、この暗闇では何も見えない。閉ざされた暗闇の中に小舟一艘、取り残された心地だ。

「集まってきたばい」

水夫が潮焼けした喉の嗄れ声で告げた。

何が集まってきたのか、と目を凝《こ》らすが、忍びの視力を持っているはずの信十郎にも鬼蜘蛛にも、何も識別できない。

が、突然、暗闇の中からヌウッと、船の舳先が出現した。

鄭芝龍の船団から分かれた中型ジャンクだ。全部で三隻、菊池の奇襲隊を満載している。

縄が投げ込まれ、水夫と秀昌が手早く舳先と船尾に巻きつけた。船の側から引き上げられる。信十郎はジャンクに乗り移った。

「オイの船にようこそ、信十郎大哥」

明人倭寇・一官党の船長《ふなおさ》が挨拶をよこしてきた。先ほど、鄭芝龍と策を練っていた配下の一人である。

「世話になります」

船長は水夫たちに合図した。

船縁に櫂が並べられる。

「ようし、漕がんね」

櫂に取りついた水夫たちが一斉に漕ぎはじめた。

本来なら太鼓や銅鑼《どら》でリズムを取るのだが、奇襲では鳴り物は使えない。

だが、海戦や襲撃もよくする倭寇たちは、無音の航行に慣れていた。なんの合図がなくとも一糸乱れずに櫂を漕ぐことができた。

「我らも手伝おう」

信十郎が櫂に取りつき、水夫とともに力を合わせて漕ぎはじめると、菊池の者たちも倣《なら》って櫂の端を摑んだ。

ジャンクは快速を発揮してイスパニアの基地がある無人島に迫った。


遠くで轟音がした。

「始まっちょる」

船長が舳先に立ち、伸び上がって遠望する。

奇襲隊の上陸を支援するための陽動が始まっている。

信十郎は櫂から離れて船長の後ろに立った。

「あの音は？」

不気味な轟音が連続していた。

「イスパニアの大砲《おおづつ》でっしょうな。南蛮の船は、みな、大砲を積んでおりますばい」

「飛虹は大丈夫だろうか」

船長はニヤリと笑った。

「鄭爺は船戦に慣れちょります。心配はいらんです」

なおも視線を闇に向けていたが、

「島の向こう側じゃ。何も見えんばい」

と、諦め顔で舵に戻った。

「何も見えぬか」

「よかことです。イスパニアやキリシタンどもの船は、鄭爺に釣り出されて、島の向こうに回って行きよった――ということですからの」

そう言って舵取りに専念した。

基教徒泊の島影が大きく目の前に迫っていた。

四

旅の武芸者——とでもいうような格好の男が、水門の脇に立っていた。

旅塵にまみれた袖無し羽織に裁着袴《たっつけばかま》。笠は脱いで小脇に抱え、背後には挟み箱を担いだ小者まで従えていた。

「その童《わっぱ》をどうする気だ。間引くのか」

関心があるのかないのか、微妙な無表情で伝九郎と、伝九郎が片手で押さえつけた小鳥を眺めた。

伝九郎はハッとした。こんな近くに踏み込まれるまで気がつかないとは何事か。ここは菊池ノ里。そして、たった今まで謀議の集会を開いていた場所だ。小鳥を殺すことに意識を集中させていたとはいえ、あってはならない失態だった。

武芸者は無表情でボンヤリと突っ立っている——ように見えたのだが、それは四肢から余分な力が見事に抜けきった姿勢が醸し出す印象であった。よほどに武芸の稽古をした者にしか取りえない姿である。

伝九郎は理解した。この男の接近に気づかなかったのは、この男の行歩《ぎょうぶ》が獣のように的確に山道を踏み、静粛だったからだ。

「いらぬ子なら、わしにくれ。供の者が足りずに難儀しておる」

武芸者は伝九郎と小鳥を親子だと見ているらしい。この時代、間引きは珍しいことではない。

「どうやって、ここに入って来よんした」

伝九郎は訊ねた。

武芸者は、人を食ったような口調で答えた。

「道に迷った――というか、今も迷っておる。熊本に行きたいのじゃ。道を教えてくれぬか」

伝九郎はますます愕然とした。菊池ノ里に至る小道は、無数の分岐が作ってあって、余所者を道に迷わせるようにできている。であるから、この武芸者も道に迷ったのであろうが、しかし。

――迷ったあげくに里に踏み込むとは何事か。

人間というものは、見知らぬ土地で道に迷えば、無意識に、歩きやすい平坦な道を選んでしまう。そうやって楽な道や広い道ばかり選んで進んでいけば、自然と里を迂回して、いつしか熊本に出るように迷路は設計されていた。

だが。この武芸者は里に入って来た。ということはつまり、道に迷って険しい道や荒れた道、急な上り坂、などなどを故意に選んできた、ということだ。信じがたい精神力である。あるいは途方もない馬鹿だろう。

伝九郎は迷った。

いずれにせよ、この武芸者を里に入れるわけにはいかない。

武芸者がノコノコと里に向かえば、里の誰かが気づく。里は警戒態勢に入ってしまい、今、里に潜んでいるはずの忍びたちも身動きできなくなる。菊池彦の館にも人が集まるであろう。襲撃は失敗に終わる可能性が高い。

――ここで殺さねばならぬ。

と、当然、そういう結論に達するのだが、それには小鳥が邪魔だ。

すぐに首を刎《は》ねよう、と思い、両腕に力を籠めると、

「待て」

鋭い声が飛んできた。

「なんのゆえあってかは知らぬが、その童を殺すことは許さんぞ。少なくとも、このわしの目の前で殺してはならぬ」

腰の刀の柄袋を早くも解いている。抜き打ちに斬りつけてこようか、という殺気を

放ってきた。

伝九郎は舌打ちした。

「ないごて、邪魔だてばなさる」

「はて。なにゆえであろう」

武芸者は、自分でも不思議そうに首を傾げた。

「強《し》いて言えば――、わしは人が殺されるのを見るのが嫌いなのだ」

と言いつつも、自分は左手を刀の鞘に据え、ジリジリと腰を落として抜刀の機運を探っているのだから矛盾している。

見るのは嫌だが、自分が殺すのは、なんとも感じないのか。

「狂人でごわすか。武芸者という手合いはないごて皆、こげんな――」

常識の通じぬヤツばかりなのか、と思いつつ、片手で小鳥の首を折るか、近くの木の幹に身体ごと叩きつけて、殺すか失神させるかしよう、と決断した。

そのうえでこの武芸者を始末する。

そう思った瞬間、武芸者が小柄を放ってきた。

伝九郎は素早く小鳥を投げ捨てる。さもなくば手の甲に刺さっていただろう。

「殺すな、と、言ったはずだぞ」

一方、小鳥は、藪中に投げ込まれる形になって悲鳴をあげた。が、すぐにクルリと身を返し、犬のように這って窪地に逃げ込んだ。伝九郎と武芸者の対決を息を凝らして見つめた。

伝九郎の巨体に怒気が兆《きざ》した。ヌウンと立ち上がる。雲をつくような背丈、熊のように分厚い肉体だ。武芸者も大柄なほうだが、それでも頭一つ分以上の差があった。この巨体が怒気を漲らせて迫れば、大概の人間は恐怖する。しかし――。

武芸者は泰然として顔色も変えず、相も変わらず力の抜けきった姿で構えていた。

伝九郎は刀を抜いた。斬馬刀かと見紛うほどの大太刀だ。刃長は六尺（一八〇センチ）ある。よほどの巨漢にして強靭な膂力《りょりょく》の持ち主にしか扱えない。祭器用として神社に奉納されているような、そんな巨大な刀であった。

「うおおおおッッ」

その大太刀を高々と振りかぶった。

六尺六寸の身長、二尺五寸の腕、六尺の刀。切っ先は遙かな天空を指している。まさに大木そのものの構えだ。

だが、それでも武芸者は顔色を変えない。伝九郎の鎖骨のあたりに視線を据えている。

「示現流か」

構えから流派を見破った。

示現流は島津家の御家流である。
開祖は東郷肥前守重位(諱はちゅういとも)。
東郷重位は初めタイ捨流を学んだ。丸目蔵人佐の高弟、藤井六弥太が師であるという。
のちに上洛し示顕流を学ぶ。さらに研鑽し、おのれの技も加味して一流を興す。
島津家剣術指南役だったタイ捨流の剣客を倒し、代わって指南役に就く。島津家当主の義弘より一書を賜って示現流。ここに示現流の開祖となった。

西郷伝九郎は長刀を構えてにじり寄っていく。八相の構えで腕を伸ばし、切っ先を高く掲げる。タイ捨流の『甲段の構え』に似ていなくもない。介者剣術の流れを汲み、一撃必殺で、相手が兜を被っているなら兜ごと断ち割ることを本義とした剣である。

東郷重位は『チューイ』という独特の気合とともに振り下ろし、畳に置いた碁盤(分厚い一枚板)を一刀両断にし、さらにその下の畳を切り裂き、切っ先は床板をも貫いた、と伝わっている。

そんな初太刀を受けられるものではない。抜き合わせれば刀ごとへし折られる。あるいは自分の刀の峰で自分の頭蓋骨を砕いてしまう。

それほどの豪剣である。

伝九郎は満身に気勢を籠めてにじり寄る。熊——どころの話ではない。さながら山津波の押し寄せるがごとき迫力だ。

だが。

それでも武芸者は悠揚迫らず、脱力しきって立っている。剣は抜いているが、構えているのかいないのか、なんともだらしのない姿で切っ先を斜めに落としていた。やる気があるのかないのかもわからない。小鳥を殺そうとしたときは、その手をとめさせるために凄まじい殺気を放ってきたくせに、今度は一転、殺気も闘志も腹の内に納めて澄ましかえっている。

挟み箱を担いだ小者も、そそくさと広場の奥に下がった。これから斬り合いが始まろうか、というのに平然としている。まして、自分の主人が負けるなどとはまったく考えていないようだ。

伝九郎はなおも迫った。熊のごとき巨体と気迫で相手を圧倒し、呑んでかかったところで斬り落とす。

伝九郎の気攻めに抵抗できた者などいない。皆、完全に萎縮しきって、手も足も出ない状態で、なすすべもなく斬り殺されていった。それが伝九郎にとっては当たり前の光景であった。

だが。

この武芸者は違う。伝九郎がいかに殺気を放とうとも、柳の枝がそよぐようにして受け流された。

伝九郎は巨眼に怒りを籠めて、さらに相手に詰め寄った。振り下ろせば、もう、切っ先が届くか、という距離だ。

それでも武芸者は動揺しない。無表情で、伝九郎の鎖骨のあたりを眺めている。そう、まさに『眺めている』という言葉がぴったりの風情なのだ。

一見、力のない眼差しだがしかし、目の光は死んではいない。なにやら好奇心旺盛に、伝九郎の出方を嬉々として待ち受けているようでもある。

──むむむ……ッ!?

伝九郎は気後れを感じはじめた。そんな自分に動揺し、さらに焦燥感を募らせた。

武芸者は相も変わらず静かな眼差しを向けてくる。その両目が不気味でならない。

さながら、深い淵を覗いたときのような気分だ。青黒い水の底に我が身が吸い込まれてしまいそうな、そんな感覚。

吸い込まれたら最後、絶対に助からない。命を呑み込む深い暗闇がそこにはある。

今や。伝九郎は総身に汗を流していた。額から流れた汗が頬を伝い、肥満した二重顎の先からダラダラと滴《したた》った。

——こげんなはずはなか……！

一太刀、たった一太刀斬り落とせば、武芸者の頭を砕くことができる。腕の長さでも、太刀の長さでも遙かに勝る。相手の剣がこちらに届くことなどありえない。

絶対的有利。であるはずなのに、あと半歩、足を踏み出すことができないのだ。

——ないごてじゃ⁉

相手の気迫に圧倒されているのか。

否、そんなことはない。なにしろこの武芸者は、気迫も殺気も、それどころかやる気さえも、一切感じさせていない。

構えもない。だらしなく放恣《ほうし》している。だが、構えがないから、どこへ斬り込んだらいいのかわからない。すべてが淵である。伝九郎を吸い込む真っ暗な淵。

「お、おおお……！」

伝九郎はわずかに後ずさりした。

下がってはいけない——とわかっているのに、身体が勝手に後退する。この息苦しさと恐怖から逃げ出したくてたまらない。

剣が重い。重すぎる。いくら体力に自信があっても、刃長六尺は大きすぎる。

否。腕が重い。身体が重い。身体が重くて背筋が軋む。姿勢を保っているだけですら、大汗を流して息を荒らげさせてしまう。

——オイは、こげんな重たか身体を、毎日支えておったとか⁉

信じられないくらいに重い。足の裏からズブズブと、地面にめり込んでしまいそうだ。

ズシン——と、大地が揺れた。伝九郎はその場に両膝をついていた。

目を上げる。視線を上げる。いかに大兵の伝九郎でも、膝をついたら敵を見上げる格好となる。

武芸者がこちらを見下ろしている。敵を見上げながら闘う——など、何十年ぶりのことか。伝九郎は十二のときにはすでに、師匠より背が高かった。

相手を見上げて剣を振るのは、十歳かそこらの子供だったとき以来だ。

その頃、大人は強く、大きく、恐ろしかった。

恐怖が蘇る。全身が萎縮し、腕の力が萎えた。

早く斬ってほしい。この恐怖から解放してほしい。とまで、伝九郎は思った。

次の瞬間、ドンッと衝撃が来た。

武芸者の太刀筋はまったく見えなかった。だが、左肩を袈裟斬りにされたことだけ理解できた。

——ああ、これで終わった……。

自分は斬り殺されたのだ。伝九郎は深い闇の静寂の中に堕《お》ちていった。


「おい童。そこにおるのはわかっておる。出てまいれ」

柳生兵庫助利厳は、太刀に拭いをかけながら、傍らの藪に声をかけた。

真っ黒な顔の子供が這い出てくる。素直に出てきたことを賞して、『うむ』と一つ、頷いてやった。

小鳥は恐る恐る、伝九郎に近寄った。巨体がうつ伏せに倒れている。

「斬ったの?」

兵庫助はパチリと納刀した。

「峰打ちじゃ」

小鳥を見おろして、困ったような、はにかんだような顔をした。

「子の前で父親を殺すほど非道ではないぞ」

小鳥は慌てて首を横に振った。

「なんじゃお主、この男の倅ではなかったのか」

と言って、マジマジと小鳥を見つめた。

そしてふと、何を感じ取ったのか、眉間を険しく顰《ひそ》めさせた。

小猿に似た、すばしっこそうな風貌。二十一年前の嫌な記憶が呼び覚まされる。

「童、まさかお主……、あの男の息子――なのではあるまいな？」

小鳥はなんのことやら理解できなかったが、真っ黒な顔を急いで横に振った。

五

信十郎たちの船団は基教徒泊の裏側に接岸した。菊池の者たちが岸に飛び下りる。

つづいて倭寇の明人たちが青龍刀など、得意の武器を手にして上陸した。

「船をここに置いていくと、イスパニアの早船（哨戒艇）に見つかるかもしれん。斬り込み隊が上陸したことがバレるといけない。船は帰してくれ」

信十郎がそう言うと、船長は顔をしかめて首を横に振った。

「斬り込みが失敗したらどげんすっと？　逃げ帰るにも船がなかでは困りましょう」

信十郎はニッコリと笑った。

「逃げ帰る船がここにあると、なにやら、いつでも逃げ帰りたくなるようでなぁ」

ふふふ、と含み笑いして、

「俺は臆病者なのだ」

と囁いた。

船長は呆れた。

「『背水の陣』たいね。鄭爺といい大哥といい、命知らずの大馬鹿モンたい」

「うむ。帰りは飛虹の船に乗せてもらうとしよう。――世話になった」

信十郎はヒラリと舷側を飛び越え、浜に下りた。

斬り込み隊が上陸し終えると、三艘の船は舳先を返して去っていった。もはや退路は絶たれた。基教徒泊を攻め落とすよりほかに生き残る道はない。

海の向こうに黒い船影が浮かんでいる。突如、ボンッと火を噴いて、つづいて白煙を噴き上げた。

「小心《シヨウシン》（注意しろ）！ 発砲影《はっぽうえい》！」

見張りの水夫が叫ぶと同時に『ズドン』と彼方《かなた》から砲声、直後に船体が大きく揺れた。

「おうっ！」

鄭芝龍の身体が衝撃によろめく。艫綱を摑んで転倒をこらえた。

船体に砲弾を一発食らった。メリメリメリッと、船の部材が裂けていく。不気味な軋みがジャンクの船体を震わせた。

つづいて目の前に巨大な水柱が立った。砲弾が船の間近に次々と着水し、何本もの水柱を噴き上げた。

天に向かって打ち上げられた海水が、今度は滝のように降り注いでくる。帆も帆柱も甲板もたっぷりと海水を浴びせられた。

「プハッ――」

頭から水を被った鄭芝龍が、口から潮と唾とを吐き出した。

「なかなかやりおるばい」

さすがにイスパニアは鉄砲・大砲の先進国だ。『無敵艦隊《アルマダ》』を擁した世界一の海軍国でもある。いきなりの直撃弾と至近弾を撃ってきた。よほどに腕自慢の砲術長を乗船させているのに違いない。

イスパニアの帆船は、盛んに大砲を撃ち放ちながら鄭芝龍のジャンクに迫ってくる。彼らにとってこの隠し港は日本を神国とするための大切な橋頭堡だ。命に代えても守り抜かねばならない。

ほかにも数隻の軍船が寄ってきた。島の反対側を警戒していた船を引き寄せるための囮行動であるから、こういう戦況になるのが当たり前なのだが、しかし、取り囲まれて四方八方から砲撃されたら巨大ジャンクでもたまらない。

「島陰ば逃げ込め!」

砲弾を避けるため、小島の反対側に逃げ込もうとした。

だが、その小島に接近した途端、小島側の砦で大鉄砲が何丁も火を噴いて、さんざんに砲弾を浴びせてきた。

イスパニアの防衛網の真ん中に入ってしまった。鄭芝龍は慌てて回頭を命じた。島影を楯にすることもできず、海原の真っ只中で複数の軍船を相手にせねばならない。鄭芝龍にとっても苦しい戦いだ。

ジャンクの目の前を関船が通過した。かなり古い和船である。小西水軍の残党であろうか、十字架《クルス》の旗を掲げたキリシタン武士たちが古色蒼然とした鎧兜に身を包み、しかし、最新式のイスパニア製の鉄砲を撃ってくる。

関船は二つの島に挟まれた海峡の出口を塞《ふさ》いだ。

逃げ回りながら敵の船を引きつけようという鄭芝龍にとって、行く手に立ちはだかる船はあまりにも邪魔で厄介だ。

「焼き弾ば食らわしてやらんね！」

甲板上の配下に命じた。

鄭芝龍のジャンクも大砲を装備している。明国製の青銅製後部装塡砲ではなく、日本製の鉄製前部装塡砲だ。東アジア世界で入手可能な最も強力な火器だった。

「投錨！」

つづいて鄭芝龍は甲板の水夫に命じた。水夫たちは船の四方に取りつけられた錨を海中に投げ入れた。

船というものはいつでも波に揺られている。当然、船に載せられた大砲の砲身も、揺れに合わせて上下左右に振られてしまう。

これでは命中率は期待できない。ゆえに発砲の前には、船の揺れを抑えるために錨を海中に沈める。ヤジロベエの原理で船を安定させるのだ。

錨が沈むにつれて喫水線も下がる。ジャンクの揺れが収まった。

大砲の後ろでは、炉が轟々と炎を上げて、鉄の砲弾を熱していた。水夫が三人がかりで大きな鞴《ふいご》を動かしている。

大砲の砲口に火薬が詰められる。木の棒で一番奥に突き固められた。さらに木の板が嵌《は》められて蓋をされる。

炭火の中から砲弾が取り出された。真っ赤に焼けて光っている。巨大な鉄挟みを使って砲身に装塡する。先に嵌めた木の板が溶鉄と火薬の接触を防いでいる。明人の火術師は急いで狙いを定めた。

「撃《て》ーッ！」

着火口に松明を押し当てた。直後、砲門が火を噴いて、灼熱の鉄弾を撃ち出した。狙い違わず関船の土手っ腹に着弾する。衝撃で大きく傾いた関船から、鎧武者が何人か放り出されて海面に転落した。

焼き弾は船体に食い込んでブスブスと煙を噴き上げはじめた。船体は木製だ。溶鉄に触れていれば必ず燃え上がる。

関船の船乗りたちが慌てて弾を抜きにかかる。が、灼熱に焼けた鉄球を取り出すのは困難だ。海水などかけたところで焼け石に水である。

鄭芝龍はつづけざまに焼き弾を発射させた。

「抜錨！」

鄭芝龍が叫ぶと、錨を巻き取る轆轤《ろくろ》の横棒に水夫たちが取りついた。総出で回して海中の錨を巻き上げにかかる。

錨を下ろすのが遅ければ発砲する前に逃げられる。錨を揚げるのが遅ければ敵に追いつかれ包囲される。この時代の海戦の勝敗は、錨の上げ下げ速度いかんにかかっている。

錨が海面から抜けた。

炎上し、統制を失った関船を押し退けて、ジャンクは外洋に脱した。

広い海原に出たところで、ジャンクは大きく回頭した。追ってきたイスパニアの帆船は、ちょうど狭い海峡の出口の所にあった。

「これまでの仕返しばい！」

鄭芝龍は投錨と焼き弾の装填を命じた。

イスパニアの大砲は射程距離でも命中精度でも勝《まさ》っていたが、突然の奇襲戦で焼き弾の炉に火が入っていない。ただの弾なら何十発くらっても、巨大な船はそうそう沈没しない。船の部材が木であることがここでは有利に作用する。木材は着弾の衝撃を吸収するのだ。

ゆえに、焼き弾の有る無しは大きな差だ。

ジャンクの砲門が火を噴いた。真っ赤に光る焼き弾が、イスパニアの帆船の真っ黒な船体をめがけ、流星のように飛んだ。

信十郎たちは基教徒泊の反対側の斜面を進軍していた。

遠くから砲声が響いてくる。

「鄭爺が戦っている!」

琉球人の秀昌が勇み立った。興奮して坂道を駆け上ろうとするその帯を、信十郎が摑んでグイッと引き戻した。

「逸《はや》るな」

抗弁しようとした秀昌の口を、鬼蜘蛛が背後から手で押さえた。

「このすぐ上に敵が、いよる」

秀昌はギョッとして、目玉だけ頭上に向けた。信十郎と鬼蜘蛛と三人で、斜面の上の気配を窺う。

「五人……、いや、六人か」

「六人やな」

信十郎と鬼蜘蛛は頷き合った。秀昌には人の姿も見えないし、気配も感じられない。二人が何を数えて人数を割り出したのかわからない。

「ここにいろ」

斜面の窪地で息を潜めているように命じ、信十郎は一人で山を這い上がった。

長身を伸ばして空中の何かに触れる。腰の短刀を抜き、注意してその何かを切った。

「ふむ……」

黒くて細い縄が張ってあったのだ。鳴子《なるこ》を鳴らす仕組みらしい。

信十郎は斜面の窪地に戻ってきた。

「この上に陣地がある。……忍び働きもここまでだな」

信十郎は上体をよじって背後に振り返り、指で何かの合図を送った。

すると、これまた人の気配などまったくしなかった木々のあいだから、真っ黒な影が数名、飛び出してきて、音もなく斜面を駆け登っていった。

しばらくの無音のあと、瀬戸物の壊れる音と、何者かが倒れた音が聞こえた。

「一気に駆けるぞ！」

身を潜めていた斜面から信十郎が飛び出す。つづいて鬼蜘蛛、さらに黒衣の集団が走り出た。

「えっ⁉　あっ⁉」

闇の中に一人で取り残された秀昌は、慌てて斜面を這い上がった。

根ごと引き抜かれた木が、その根を下に向けて並べられている。秀昌は袖や襟元にまとわりつく邪魔な木の根を振り払い、苦労しながら逆茂木《さかもぎ》を越えた。

土塁が固めてあり、木の柵が結わえてある。楯が何枚か並べてあった。

菊池の衆が作った突入路から敵の陣地に踏み込む。尾根に沿って陣地が並び、物見櫓や狼煙《のろし》の用意もされていた。

一揆とはいえ、その参加者は小西行長の旧臣たちだ。元禄慶長の役《えき》にも参加し、朝鮮流山城の構築技術も習得している。即席の陣地としては堅固に過ぎるほどであった。

一揆の衆たちが無残に殺されて転がっている。胸や首筋に手裏剣や長い針が刺さっていた。

「おおい、こっちや！」

尾根に沿って延びる陣地の向こうで鬼蜘蛛が手を振っている。秀昌は急いで鬼蜘蛛の元まで走った。死体を目撃し『ほんとうに自分は戦場にいるのだ』という恐怖を実感している。一人で取り残されて敵に見つかったら助からない。仲間と一緒にいないと心細くてたまらない。

だが。秀昌は一つ計算違いをしていた。その仲間たちは戦闘の真っ最中だったのだ。秀昌の顔の横を流れ矢が飛んでいく。

「ひっ！」

秀昌は腰を抜かした。尻餅をついた反動で、鞘の先が地面を突いて刀全体が飛び出した。秀昌は帯から抜けた刀を両手で抱きかかえた。

信十郎は菊池衆の先頭を走った。油断していたキリシタン浪人たちを斬り倒しながら進んでいく。

「菊池彦様！」

忍びの一人が櫓を指差す。浪人の一人が櫓の梯子を昇っていた。梯子の先には半鐘がある。早鐘を撞いてイスパニアの港に急を知らせようとしていた。

信十郎は、陣地に投げ捨てられていた弓矢を拾った。一本つがえて無造作に放つ。

『初めての弓を使うときは、一本目から当てようとしてはなりません。まず仇矢を射て、個々の弓が持つ癖を知ることです』

藤高郁也《ふじたかいくや》がそんなことを言っていた。信十郎は言われたとおりに無駄な矢を射て、弓のかえりの癖を読んだ。

——なるほど、これは癖がある。

浪人がろくに手入れもしていなかった弓だ。悪癖に気づかずに射たら、必ず外れていただろう。

二本めをキリキリと引き絞り、梯子を必死に伝うキリシタンに狙いをつけた。

放たれた矢は、予想したとおりに湾曲しながら飛んで、キリシタン浪人の背中に突き刺さった。

キリシタン浪人はもんどりをうって梯子から転落し、向こう側の山の斜面へ転がり落ちていった。

「お見事!」

忍びが賛嘆の声をあげる。

「うむ」

自分が旅で見聞きし、覚えた知識や技は、いずれ菊池の者たちに伝えてやらねばならない。などと、信十郎は考えた。

信十郎にも無意識のうちに、菊池彦としての自覚が出てきた——ということか。

陣地の掃討は終了した。わずかな音は発したが、海からは激しい砲声が轟きつづけている。ここでの戦闘の物音は基教徒泊には届かなかったであろう。

鬼蜘蛛が種火の火縄を手にして振った。

すると、尾根の向こうでも同じように、種火を振り返す者がいた。さらにその向こうからも、その向こうからも種火が振り返されてきた。

分遣された百舌助や菊池衆、青龍刀の明国剣士たちも無事に侵入を果たしたようだ。

基教徒泊の背後を守る尾根の陣地は、すべて、菊池の別動隊と倭寇の斬り込み隊によって制圧されていた。

鬼蜘蛛は種火を頭上で大きく振った。

襲撃隊は眼下の基教徒泊へ攻め下っていった。

六

囲炉裏端に老人が座っている。枯れ木のように痩せ衰えた手で、雑穀の雑炊をかき回していた。

と、何に驚いたのか目を見開き、一瞬、耳を澄ましていたが、床の羽目板を外し、隠し武器に手を伸ばそうとした。

その直後、四方八方から飛来してきた手裏剣がドスドスと老人に刺さった。

「うお⁉」

なおも立ち上がろうとした老人に黒装束の忍びたちが次々と斬りかかる。一人の老人を相手に集団で袋叩きだ。老人は目を剝いてドサリ、と倒れた。もうすでに事切れていた。

「次だ」

老人の死体には目もくれず、忍びの群れは屋外に走り出た。

次々とあばら家を取り囲み、頭目の命令一下、同時攻撃で菊池の老忍たちを仕留めていく。

むろん、彼らとて菊池ノ里を壊滅させるつもりはない。あくまでも退路を確保するための掃討だ。……その退路に柳生利厳が出現したことなど、知る由《よし》もないが。

道端で奏が待っていた。汚い化粧を塗りたくった顔でケタケタと笑っている。里の者を余所者《よそもの》に殺されたというのに、何も感じていないようだ。

一行はさらに里の奥に進んだ。

途中で組頭が足をとめた。

関所がある。庶民と貴族の居住地を分ける境界らしい。当然、菊池彦の館はこの奥だ。

奏はフラフラと関に進んだ。

関守に誰何《すいか》された。

「誰じゃい」

関守は老人と元服前の子供の二人組だった。ヘラヘラと笑いながら歩み寄る奏の姿を認め、顔をしかめた。

「大津彦の娘か」

声をかけてもまともな返事が帰ってこないことはわかっている。それにしても気持ちの悪い娘だ。人間であって、人間ではなくなってしまったモノ。原始的な恐怖を感じさせる。

奏は村の奥へと進んでいく。族長の娘だから遮る理由もない。老人と子供は言葉もなく見送った。

その背中に黒い影が飛びついて、同時に二人の首を刺した。盆の窪に針を刺し、脊髄を切断する。異変に気づいた二人は口をパクパクさせたが声も出せない。やがてガックリと絶命した。

忍びたちは一塊《ひとかたまり》となり、集落の真ん中を突っ切った。

いかに年寄と女子供しか残っていないとはいえ、そして進路に立ちはだかる家の者を皆殺しにしながらとはいえ、これだけの集団が集落の真ん中を走って、いまだ気づかれていない——というのは驚異である。しかもここはただの農村ではない。菊池ノ里なのだ。

一行の前に、ひときわ巨大な茅葺き屋根が現れた。

「あそこですな？」

忍びの一人が頭目に確かめる。頭目は覆面から出した両目を険《けわ》しく見開き、大きな棟木を凝視した。

菊池彦の館である。

配下の者どもも足をとめた。菊池彦の館に攻めかかるには、それなりの準備が必要だった。物心ともに。

「あの館の中に、服部キリがいるのですな」

キリの命を絶つこと。それが宝台院様より受けた厳命だ。

女一人、なんということもない、と思わぬでもない。

「キリではない」

頭目は部下の言葉を窘《たしな》めた。

「我らが今宵、襲うのは、服部半蔵なのだ。忘れるな」

忍びたちの背筋がブルッと震えた。

百戦錬磨の彼らにとっても、その名は畏怖の対象だ。歴代半蔵の武勇は伝説となって語り継がれている。半蔵の恐ろしさ、狡猾さ、技の玄妙さを、子供の頃から語り聞かされて育ったのだ。

闇の世界の奥に隠れ住む『忍びの王』。神とも敬い、悪魔とも恐れる相手。

それが服部半蔵だった。

キリは大きなあくびをした。

「退屈でならぬな」

菊池彦の館の奥座敷にポツネンと座っている。飲み友達——ではない、里の男たちが戦に行ってしまったので、何もすることがなかった。

キリが来てから毎日賑やかだった広間が静まり返っている。こんなに広い座敷だったのか、と、キリは内心で驚いていた。

「そんなにお暇なら、手遊びでもいたしませぬか」

ミヨシが何もない空中からお手玉をつまみ出した。鬼蜘蛛譲りの品玉である。

「やらぬ。小娘でもあるまいし」

キリは不機嫌に吐き捨てた。だが、ミヨシは鉄面皮にニコニコと微笑みを向けてくる。

その馴れ馴れしさが鬱陶しくてならない。

「夜も更けた。そなたはもう、自分の家に帰るがよい」

すると即座に言い返された。

「いいえ。帰りませぬ」

露骨な抗言にキリはますますムッとする。

「なぜじゃ。家無し子か」

「菊池彦様に『里を守るのがミヨシの務め』と命じられました。里を守れ、というのは、キリ様を守れ、という意味かと存じます」

「アホか」

思わず鬼蜘蛛の口癖が出た。

あんなものは、お前の無謀を戒《いまし》めるための巧言じゃ、とか、お前など、護り役どころか足手まといにしかならぬ、とか、いろいろ言いたいことはあったが、なにやら口を開くのも面倒くさい。

キリはそっぽを向いて一人、杯を傾けた。ミヨシはミヨシで一人でお手玉を楽しんでいる。ミヨシの姿が視界に入るのがいやなので、キリはさらによそを向いた。

――暇だな……。

と、感じて、ふと、これまで一人のときは、どうやって暇を潰していたのだったか、と考えた。

キリは外界から隔離されて育った娘だ。服部半蔵家の一人娘として生まれ、常に命の危険にさらされてきた。キリの生命を守り、その存在を家康にさえ知られぬために、方々を転々とさせられ、何カ所もの隠し館に囲われて育った。

遊び相手などいない。お付きの侍女すら、半年もせずに交代させられた。忍びの技を教えにくる老忍だけが話し相手であった。

それでもキリは退屈に悩まされることはなかった。それが普通の日常で、そういう暮らししか知らなかったから当たり前だ。

――結局、信十郎か……。

あの男と出会ってから、何もかもが変わった。

――あいつとの旅は、よほどに愉しかったものとみえるな。

キリは、自分自身を眺めるような心地で思った。

あの男と出会ったせいで、一人でいるのは退屈なことなのだ、と気づいてしまった。

——あいつといると、たしかに退屈はせぬが……。

「何をお考えでございます？」

突然声をかけられて、ハッと我に返ると、ミヨシがニコニコとこちらの顔を覗き込んでいた。

「あいつといると退屈しない、とかなんとか、呟いておいででした」

「ああ。鬼蜘蛛のことを考えておったのだ」

キリは吐き捨てた。

するとミヨシがズイッ、と、膝を滑らせて迫ってきた。

「鬼蜘蛛兄《ニ》ィとの旅はいかがでした？ どんな楽しいことがありました？」

好奇心丸出しに両目をキラキラさせている。キリは内心『チッ』と舌打ちした。鬼蜘蛛の名を出したのは失敗だった。

「別に、あやつと旅をしていたわけではないわ」

「でも、いつも一緒だったのでしょう」

「それはあやつが信十郎から離れぬからだ。坊主が好きでも袈裟まで好きなわけではない」

と、そのとき。

キリはふと、顔を上げた。

ミヨシはなおも嬉々として迫ってくる。キリは「シッ！」と叱咤して押しとどめ、騒がしい口を塞がせた。

「……お前のことは、やはり、家に帰しておくべきだった」

「何を仰せで？」

キリのただならぬ気配に、ミヨシも顔色をすこし変える。

「この館の屋根には鐘楼があったな。どこから登るか知っておるか」

「はい。でも、どうして――」

「すぐに鐘を鳴らしてまいれ。大きく、里じゅうに聞こえるようにな」

「しかし、あの鐘は、よほどの大事が起こったときにしか――」

「よほどの大事が起こっておる。さぁ行け！」

ミヨシの背中を押した瞬間。

バアンと板戸が蹴り破られた。黒装束の忍びが一斉に突入してきた。

キリは懐に手を入れて火薬玉を摑み出した。目を瞑って床に叩きつける。

凄まじい閃光が放たれた。闇夜を走破してきて、瞳孔が開ききっていた忍びたちの目を晦《くら》ませる。

直後、キリの左手は手裏剣を投げ放っている。

手裏剣は正面から迫る曲者の急所を撃った。が、別方向から同時に二人が斬りつけてきた。

キリは右手で鉄鎖を飛ばし、右手側の忍びの刀を絡め取り、その動きを封じておいてから、左側から突進してきた忍びの手首を握り、おもいきり捻りつつ引き寄せて、膝頭で忍びが持つ刀の柄を蹴り上げた。

刀は忍びの手の内からスッポリと抜ける。忍びの手首を放し、空中で刀の柄を掴み取り、刃筋を返して真横に切り払った。

忍びの首を片手斬りでスパンと跳ねる。つづいて鉄鎖を引いて、右手の忍びを引き寄せた。

四方から投げつけられた手裏剣が、引き寄せた忍びの背中にドスドスと突き刺さった。キリは敵の身体を楯にして手裏剣を防いだのだ。

鉄鎖を緩めて袖の中に巻き戻し、二つの死体を蹴り倒す。

広間の真ん中に悠然と立つ。これが服部宗家の威厳であろうか。無表情に曲者どもを眺める姿は、思わず拝跪したくなるような神々《こうごう》しささえ漂わせている。

さすがの忍びたちが息を呑み、身《み》をこわばらせた。仲間三人を無造作に殺され、あらためて、『服部半蔵と対している』という恐怖を実感させられているのか。

混乱の隙を突いて駆けだしていった小さな足音はミヨシのものか。鐘を鳴らしに走ったのだろうが、館の急変を知らせるには遅すぎる。すでに館の中心部にまで踏み込まれている。

――オレとしたことが……。

館に踏み込まれるまで、曲者の接近に気づかぬとは。

信十郎との暮らしが長くつづいたせいだ。ただの女になってしまった。服部半蔵として鍛えられた忍びの勘が鈍っている。

曲者どもは覆面ごしの目を炯々と光らせ、刀を構え、油断なく包囲してくる。選りすぐりの手練だ。菊池ノ里を襲い、服部半蔵を暗殺しに来たのだ。錚々《そうそう》たる忍びが集められたのに違いない。

――逃げきれぬ、かもしれぬな。

たぶん今夜、ここで命を絶たれることになるのだろう。キリは忍びらしくおのれの寿命を諦めた。いつでも死ねる覚悟を持つ。それが忍びの修行の第一歩だ。

——じゃが。まぁ、やれるだけのことは、やってみるか……。

面倒だが、これも暇潰しだ。

——どうやら、退屈に死なずにはすみそうだな。

キリはフッと笑った。その顔があまりにも妖艶で、かつ不気味で、曲者どもはわずかに身じろぎした。

瞬間、キリは鉤を斬って落とす。囲炉裏の上に吊られた鍋が落下して、凄まじい灰神楽が噴き上がった。

直後に二人の忍びを斬って捨てる。広い座敷を斜めに走り、立ち位置を変えて包囲を脱した。

頭上から鐘の乱打される音が降ってくる。里の誰かが駆けつけて来るまで、生き延びることができるだろうか。

「キェーーーーッッ！」

別の忍びが斬りかかってきた。だが、やはり閃光で目は眩み、灰神楽で視界を塞がれている。見当外れな斬撃の下をくぐり抜け、キリは無造作に忍びの脇腹を斬った。

鎖鎌の分銅も飛来する。が、やはり目算を過《あやま》っている。キリは手裏剣を投擲し、的確に一人ずつ、倒していった。

小鳥と利厳は里の小道をひた走った。

「急がないと！　あいつら、キリ様の命を狙う気だ！」

利厳はしきりに小首を傾げている。

「だからと申して、なにゆえこのわしが助太刀をせねばならぬ」

挟み箱持ちの小者は先ほどの水門に残し、小鳥のあとを追っているのだが、ここがなんという集落なのか、キリというのが誰なのかすら、利厳は知らない。知っていればまた別の反応もあったであろうが、この時点では何も知らない。

「さっきオジサン、人が死ぬのを見るのは嫌いだ、って言ったじゃないか」

「ム……。たしかに、そう言ったが……」

なぜ、そんな言葉を口走ったのかも覚えていない。それは誰かがかつて、自分に向かって投げつけた言葉ではなかったか。

あばら家の前を走り抜けたとき、利厳は、ふと、首をひねった。

血臭がする。すでに事切れているようだ。

――誰かが、斬られて死んでおるな……。

小鳥は何も気づかぬようだ。血の臭いがすくないのは、殺されたのが老人だからであろう。

――それにしても、童のくせに足が速い。

二十一年前を思い出す。やはりこの童、あの男の縁者なのではないのか。

と、利厳は腕を伸ばして童の襟首を摑んだ。グイッと引いて背後に投げる。

「何すんだよ！」

「敵だ！」

食ってかかった小鳥を蹴り飛ばした。

悪気があって蹴ったのではない。蹴られた小鳥の身体スレスレに手裏剣が飛んでいった。

「ヒッ！」

小鳥は慌てて草むらに飛び込んだ。

今度は利厳めがけて手裏剣が投げつけられてきた。真っ暗闇。投げた相手はまったく見えない。手裏剣にも黒い墨が塗られている。常人であれば何も見えず、感じることもできないだろう。

利厳は刀を鞘から走らせた。

「ムンッ！」

キンキンッ、と金属音とともに手裏剣が打ち払われた。

あまりに凄まじい太刀捌きだ。利厳の抜刀もまったく見えない。小鳥の目には火花が二つ飛び散って見えただけだった。

「どうやら忍びのようだ」

利厳が言った。

「退路を守る組を置いていったのだろう」

ザワザワと妖しい気配が闇の中で蠢めいている。

「童」

「なんだい」

「この忍びどもはわしが引き受けた。お前は先に村に入って急を知らせるのだ。忍びどもはこの奥にも陣を張っておるはず。気づかれぬように行け。お前ならできよう」

あの男の縁者であるなら、大人が通れぬ抜け道を伝って、忍びたちを出し抜けるはずだ。

飛んできた鎖分銅をかわす。かわすと同時に腰を沈めて疾走し、鎖鎌の忍びにズンッと斬りつけた。

「今だ！　行けッ！」

傍らの藪が揺れていたが、すぐに静かになった。小鳥は里に向かった。

別の忍びが斬りつけてきた。忍び刀に体重を乗せて突きつけてくる。が、その腕だけがスポンと宙に飛んだ。利厳の一太刀で腕を切断されたのだ。さらに利厳は斬り上げた刀を巻いて斬り落とした。ズガンと脳天を真っ二つにした。

つづいて手槍が突き出されてくる。利厳は鍔元で受けた。鯉口に嵌《は》める鎺《はばき》を槍の柄に沿わせ、滑らせながら突進した。

忍びは目を丸くしている。自分の槍が相手の刀に吸いついて離れないのだ。利厳は槍の間合いを踏み越え、剣の間合いに敵をとらえるなり刀を振るった。

「グワッ！」

忍びが血を噴いてのけ反り倒れた。

次に何かが投げつけられてきた。——目潰しだ。と、すぐにわかった。

目潰しを詰めた紙の袋を不用意に切り払ったりなどしたら、辛子の粉が目の前に飛び散って大変なことになる。むしろ、それを期待して、わざと目立つ玉を投げてくるのだ。

無様《ぶざま》な姿になってしまうが、利厳は身をよじって避けた。

二度めの投擲を地に伏せて避けたとき、目の前にさっき投げつけられた手裏剣が落ちているのが見えた。思いきり切り払ったので、こんな遠くまで飛んだのだろう。

利厳は無造作に拾って投げ返した。柳生新陰流には手裏剣打ちの技もある。当然、利厳は手裏剣術でも免許皆伝だ。

闇の中で忍びが悲鳴をあげた。利厳は一気に間合いを詰めてとどめを刺した。

利厳は血振りをくれた。これで第一陣は全滅させた。

だが、菊池彦の館とやらに達するまでには、まだまだ多くの敵が潜んでいそうだ。

――しかし……。その館はいったい、どこにあるのだ？

童を先に行かせたのは失敗だったかもしれない。

さらにだ。村の者に見咎められたら利厳も曲者の一味だと思われるだろう。童が事情を説明してくれないと面倒なことになる。

と、そのとき。

鐘の音が村の奥から聞こえてきた。狂ったように乱打されている。

小鳥が伝えたにしては早すぎる。

「どうやら、忍びの侵入に気づいた者がいるようだな」

ならば自分の役目は終わった。あとは里の者たちがなんとかするだろう。

利厳は『あの男』を探しに来たのだ。菊池彦とやらには義理もなければ借りもない。

第六章　灰塵《かいじん》無残

一

「退《の》きやれ」

奏が忍びを押し退けて、ヌウッと座敷に踏み込んできた。

「キリ様はあたしが殺す。――そういう約束じゃ！」

狂気に彩られた眼差しをキリに向けつつ、引きつった笑い声を張りあげた。

忍びたちが道を開ける。と同時に半数がどこかへ散った。キリの手強いことを見て取って、手ずから討ち取ることは諦め、この館ごと火をかけるか、火薬で吹き飛ばすことにしたようだ。むろん、奏の生死など知ったことではないのであろう。

それと知りつつキリは悠然と、目の前の狂女と対した。焦って動いても仕方がない。

ここは一人ずつ、始末していくよりほかにない。

頭上では鐘が鳴りつづけている。あるいは何人かは、ミヨシを討ちに走ったのかもしれない。

「そなた、大津彦とか申す男の娘であったな」

奏に向かって語りかける。恋敵としてまったく眼中になかったせいか、名前すら記憶していなかった。

「か、な、で、と申します。キリ様にはご機嫌よろしゅう」

「うむ。しかしそなた、菊池の長老の娘でありながら、なにゆえ曲者どもに与《くみ》しておる。そなたの手引きで曲者どもを里に導き入れたのか」

奏はケラケラと笑った。

「なにゆえ――ですって？　おかしなキリ様。あなた様を殺すため――に決まっておりましょうに」

「オレを殺すために里を売ったか。なるほど」

なにゆえ命を狙うのか、などとは訊ねなかった。キリにとって自分の命を狙われることは、生まれ落ちたときからの宿命だ。今さら驚いたり怖がったりするほどのことでもない。

頭上の鐘が急にやんだ。ミヨシは逃げたか、殺されたか、どちらかだろう。

「ではまいれ。菊池の女がいかほどに強いか、じかに確かめてくれよう」

キリは刀を奏に向けた。奏はニヤリと口を歪めて笑った。

瞬間、

「キェエエエェッッ!!」

奇声とともに斬りつけてくる。長い袖がブワッと翻《ひるがえ》り、懐剣が鋭く突き出されてきた。

キリは鐔元でガッチリと受けた。同時に足を飛ばして奏の軸足を蹴り払う。

だが、奏はピョンと飛んで蹴りをかわした。振袖を蝶の羽のように広げつつ、座敷の反対側まで飛んだ。

「なかなかやりおるな」

キリはつまらなそうに呟いた。

斬撃を受けた手が痺《しび》れている。奏の打ち込みは女の膂力《りょりょく》とは思いがたい重さをともなっていた。やはり、狂人ならではの馬鹿力なのであろう。

「キエイッ！　キエエエイイッッ!!」

ブワッ、ブワッと袖を揺らして斬りつけてくる。コマのように旋回し、懐剣や蹴りを飛ばしてきた。振袖が目隠しになり、太刀筋や蹴り出しがよく見えない。

突きつけられた切っ先をからくもかわし、キリは奏の手首を取った。力一杯に握って手首の関節を決め、反動をつけて捻る。『グキッ』と不気味な音とともに娘の細腕が折れた。

だが。

奏は折れた腕など意にも介さず、即座に次の攻撃を繰り出してきた。

キリは、相手が狂人だということを忘れていた。狂人はおのれの怪我にも頓着しない。

「グフッ！」

奏の蹴りが脇腹に入った。キリは見事に吹っ飛んで、屏風を押し倒しながら転倒した。

「キエイッ！」

奏が飛びかかってきた。キリは転がりつづけてどうにか避けた。奏が振りおろした懐剣が床板をドスッと貫いた。

奏の右手は無様に曲がっている。しかし、左手のみでの一撃も凄まじい威力だ。

「キィィィ～～～～ッ!!」

奏は悔しげに歯嚙みした。懐剣をグイッと床から引き抜いて構え直す。細い腕には痛々しいほどに筋が浮かび、細い指は関節が真っ白になるほどに力が籠められている。

キリも絶体絶命だ。奏の蹴りは肝臓に入っていた。肝臓は、衝撃を受けると一時的にエネルギーの供出をとめてしまう。肝臓に打撃をくらった人間は全身を麻痺させてしまうのだ。

「うっ……」

キリは立ち上がろうとしたが、踏み出した足で体重を支えることができず、その場にコロンと転がった。

「キエエエィッ!!」

奏が突進してくる。キリはすんでのところで避けた。なおも転がりながら逃れる。

「ええい、往生際の悪い！」

奏は激怒して自分の肩を摑み、邪魔な振袖を引き裂いてかなぐり棄てた。ほっそりとした両腕を露わにさせ、天井を向いて哄笑した。

そのとき。

キリの背後の壁板が、突然ぽっかりと口を開けた。

「キリ様、こちらへ！」

壁の向こうからミヨシが顔を出す。さらには腕が伸びてきてキリの襟首を摑んだ。

キリは壁の穴に引きずり込まれた。

キリを引き込むと同時にミヨシは素早く、壁板を元のとおりに嵌《は》め直した。

「おのれ！　どこじゃ！　どこへ行きおったあああ!!」

壁の向こうでは狂女が絶叫している。巧みに作られた脱出口は座敷側からは判別できない。キリですら、そこに隠し扉があることに気づかなかったほどだ。

ミヨシは手招きをして、無言でキリを誘《いざな》った。真っ暗な隠し通路が地下に向かって延びていた。

館が襲われたときの避難路なのだろう。道は地中の隧道《トンネル》に入る。木組みが土の天井を支えていた。

「キリ様、しっかり！」

ミヨシの肩を借りながら、キリはどうにか、虎口を脱した。

隧道は曲がりくねりながらどこまでも延びている。行きどまりの木戸を押し開けると、そこは村外れの祠《ほこら》であった。

キリはミヨシに腕を引かれて、狭い祠から這い出した。と、同時に村じゅうを揺るがせる、轟音が響きわたった。

「菊池彦様の御館が！……」

ミヨシが呆然として立ち尽くす。館は木っ端微塵に吹き飛んで、柱や梁は炎に包まれていた。

「曲者ども め……」

キリは唇を噛んだ。駆けつけてきた村人ともども、館を吹き飛ばし、その隙を突いて逃れたか、あるいは自害したのであろう。

自分たちがどこの誰なのか、身元の知れる手掛かりとなるものは、自分たちの死体すら、残さなかったのに違いない。

二

鄭芝龍のジャンクと、イスパニアの帆船はゆったりと行きすぎた。

大砲という兵器は現代ですら、連射が利かない。火薬の熱と砲身内部の摩擦熱とですぐに過熱してしまう。火薬の発火温度以上に熱せられた砲身には火薬は詰められない。詰める先から燃え上がってしまうわけだから当然だ。

鉄であるから水でもかければすぐに冷えるが、そうすると今度は『焼き』が入って砲身が脆《もろ》くなる。発射と同時に砲身が破裂したら撃ったほうに被害が出る。だから自然に冷えるのを持つしかない。

昔の海戦の記録を読むと、どうしてこんなに時間がかかるのか、と、不思議に思うほど長い時間戦いつづけている。実はその戦闘時間のほとんどが、砲身が冷えるまでの待ち時間なのだ。なんとも悠長な戦争である。

それでも小銃は使える。敵船の帆や艤装を延焼させようとして、火矢も盛んに放たれる。

だがそれは、巨船を沈めるのには、あまりに頼りない小突き合いでしかない。

「体当たりば、かませてやらんね！」

鄭芝龍が下知《げち》する。舵取りがジャンクを回頭させた。

だが。巨大な船は小回りが利かない。相手もかなりの速度で帆走しているのであるからして、土手っ腹に船首をぶち当てるのは不可能に近い。

鄭芝龍の船はイスパニア帆船の遙か後方を行きすぎた。鄭芝龍は舌打ちする。

と、そのとき。

暗夜の海の彼方から砲声が轟いてきた。イスパニア船の周囲に水柱が立った。

「あれは⁉」

中型ジャンクが三隻、舳先を並べて突入してきた。信十郎たち斬り込み隊を下ろしたあと、配下の船が島をグルリと巡って来たのだ。

イスパニア船で船員たちが何事か叫んでいるのが聞こえた。中型ジャンクとはいえ大砲を載せた新手《あらて》の出現は、彼らにとっても脅威なのだろう。

「逃げる気ばい」

イスパニア船は舳先を外洋に向けた。中型ジャンクに接近される前に、船足を上げて遁走しにかかる。――どうやら、基教徒泊は置き捨てにするつもりのようだ。

「鄭爺！　砲が冷えましたばい！」

火術師から報告が上がってきた。鄭芝龍は一瞬、考え込んだ。

イスパニア船を追うべきか。しかし、ジャンクで西洋の帆船を追尾するのは難しい。

鄭芝龍は一瞬で決断し、下知した。

「進路を基教徒泊に！　一行路で砲撃するばい！　見張りは暗礁に注意！」

基教徒泊の目の前を通過しながら対地砲撃を敢行する。信十郎たちの斬り込みを支援するためだ。四艘のジャンクは一列に並んで基教徒泊のある海峡に突入した。

信十郎は基教徒泊に通じる坂道を駆け下っていた。

と、海の彼方から飛来してきた砲弾が、泊の櫓を直撃して粉砕するのを目撃した。

イスパニア人とキリシタン浪人らが慌てふためいている。明人倭寇が戻ってきたことで、イスパニア船が敗北したことが彼らにもはっきりわかった。離れ小島に取り残され、海から砲撃を食らう心細さは一入《ひとしお》だろう。

「よし、行くぞ！」

信十郎は突入を指示した。同時におのれも駆けだしている。左手を腰の鞘に当て、刀の揺れを押さえながら走る。

基教徒泊の外縁を囲う柵に肉薄し、長刀を一閃する。一太刀で木柵を切り払った。

菊池の忍び衆や明人倭寇の剣士たちも遅れはとらない。忍び衆は音もなく、明人剣士は雄叫びをあげて基教徒泊に突入した。

「百舌助！」

信十郎が呼ぶと、若輩者の忍びが、けなげに駆け寄ってきた。

「百舌助、火をかけろ」

敵の陣地内の構造はよくわからないので、斬り込む側には照明が必要だ。と同時に、海上から砲撃するジャンクにこちらの位置を知らせ、味方撃ちを防ぐ必要もある。

「承知！」

尊敬する菊池彦に任務をもらった百舌助は、近くの篝火から薪を一本引き抜くと、勇躍、駆けだした。

「俺も行く」

秀昌もあとにつづく。平和な島に生まれ育った若者で、殺し合いに参加する自信はないが、放火ぐらいならできそうだ、と、彼なりに自己分析したのだろう。

「秀昌、焔硝倉には気をつけろ」

火薬庫に火を着けられたりしたら泊ごと吹っ飛んでしまう。

万治三年（一六六〇）、大坂城の火薬庫が爆発する事故が起こったが、この爆発で大坂城天守閣は粉砕され、城外の町家も千四百戸が倒壊したという。火薬とはそれほどに恐ろしいものである。

「抜かりはねぇ。火薬は分捕るようにと鄭爺から言われております」

すっかり倭寇の顔つきで答えた。秀昌は百舌助のあとを追った。

炎の中からキリシタン浪人たちが走り出てきた。その顔つきに宗教的熱狂が張りついている。『神の御為なら死も厭《いと》わぬ』『神の敵は絶対に倒さねばならぬ』という決意を感じさせていた。

それこそが宗教一揆の恐ろしさだ。さらにここは逃げ場もない離れ小島。最後の一人まで死兵となって立ち向かってくるだろう。

菊池の忍びが一列に並んだ。膝立ちになって半弓を射る。怒りに我を忘れて突撃してくるキリシタン浪人たちを次々と射殺した。

信十郎は基教徒泊の中心部へ走った。

基教徒泊は大混乱に陥っていた。山側からは斬り込み隊、海側からは倭寇の砲撃。逃げ場もなく、挟み討ちにされ、嬲《なぶ》り殺しにされている。

信十郎には、容赦するつもりはまったくなかった。キリシタンたちにいかなる理想があるにせよ、この肥後を戦乱の発火点にするわけにはいかなかった。

「ダアーーッ!!」

神速の抜き打ちでキリシタン浪人を斬って捨てる。一揆とはいえ社会弱者などではない。元・小西行長の精鋭だ。朝鮮の戦役では加藤家と並んで日本軍の先鋒に立った強者どもである。

「この、狼藉者めがっ！」

浪人が手槍を突き出してきた。信十郎はその柄を一太刀で斬り飛ばす。一足に詰め寄って金剛盛高二尺六寸を斬り落とし、浪人の頭蓋を真っ向から粉砕した。

キリシタンたちに立ち直る隙を与えてはならない。斬り込み隊は少数だ。一方のキリシタンたちはイスパニア製の鉄砲まで装備している。

「追えッ！　追い落とせ！」

炎の中で太刀を振って下知する。信十郎が切り開いた突破口から菊池忍びが黒い奔流となって突入していく。

矢倉の柱がメリメリと音を立てた。炎を上げて焼け落ちていく。キリシタンたちは決死的な反撃を試みたが、菊池衆や明人倭寇の前に飛び出すやいなや、総身に手裏剣や矢を浴びて絶命した。

――あとすこしだ……。

残り数カ所の曲輪《くるわ》を落とせば基教徒泊を占領できる。キリシタン浪人たちの手に渡るはずだった武器弾薬を押さえ、キリシタン一揆を未然に防ぐことができるのだ。

信十郎が半ば勝利を確信したとき――、鬼蜘蛛が血相を変えて最前線から戻ってきた。

「どえらい、手強いやつがおる」

鬼蜘蛛の背後には、負傷した忍びや明人剣士たちがゾロゾロと連なっていた。皆、仲間の肩を借りたり、戸板に乗せられたりしている。

――これは……！

彼らの身体に刻まれているのは、見るも不思議な傷跡である。細い手槍のようなもので突かれたのであろうか。

いずれにせよ、斬り込み隊の中から選りすぐった手練の忍びと剣士たちが列を作って敗退してくるのだ。よほどの強者が待ち構えているのであろう。

「どこだ」

「この先や。あれはイスパニアの豪傑やろうか。焔硝倉を守っとる。配下の者に火《ひ》薬《ぐすり》を積み出させる算段や」

信十郎は怪我人たちを飛び越えて走った。

浅い空堀《からぼり》と柵で仕切られた曲輪に石造りの蔵が建っていた。日本の建築様式ではない。頑強な分厚い石の壁で囲っているところを見ると、どうやら、南蛮流の焔硝倉であるらしい。

石蔵の扉の前に一人の壮士が立ちはだかっていた。長身で手足が長い。紅毛碧眼、鼻梁の高い異相である。

胸と胴には白銀色の南蛮甲冑を着けている。肩から緋色のマントをなびかせ、片手に洋剣を握っていた。

その背後では南蛮人の水夫たちが、火薬を詰めた樽を悠然と小舟に移し替えている。小舟の帆船でどこまで逃げられるか心もとないが、基教徒泊が落とされた場合の対処は事前に決められているのだろう。イスパニアの母船とも、どこかの海域で邂逅する手筈に違いなかった。

いずれにせよ、これでは手出しができない。自棄《やけ》を起こされて火薬樽に火を点けられたら、ここにいる全員が死ぬ。海上に漕ぎ出したところを鄭芝龍のジャンクで追ったとしても、これだけの火薬を爆発させられたら、その爆風で巨大な外洋ジャンクも転覆させられてしまう。

結局、南蛮人のやりたいようにやらせるしかないようだ。一気に押し包んで水夫たちを皆殺しにしたいところだが、そうはさせじと南蛮剣士が立ちはだかっている。

青龍刀を持った倭寇たちは、明国人らしい奇声を発して盛んに威嚇するが、南蛮剣士は悠揚迫らず、小癪《こしやく》に口髭など歪めさせて笑っていた。

信十郎は一目で南蛮剣士の実力のほどを看破した。

南蛮国の人々がどのような剣術を使うのかは知らぬが、無駄な力の抜けきった立ち姿で、かつ、油断のない構えは万国共通、生来の剣才に恵まれ、しかもおのれの才能に溺れることなく真摯に修行を積んだ者だけがとりうる姿である。

──これは、よほどに出来る男だな……。

相手がどんな技を繰り出してくるのかまったくわからぬのだから、なおさら困る。迂闊に間合いに近寄ることすらできない。

明人倭寇の剣士が痺れを切らせて斬りつけた。青龍刀を車輪のように振り回し、気合もろとも突進した。

その瞬間、南蛮剣士は身を低くさせ、右足を踏み出すと同時に剣を突き出した。ただの一突き。明国剣士は急所を貫かれ、弾けるように吹き飛ばされた。スッポリと抜けた傷口から一筋の血潮を噴出させた。

──これは……！

信十郎も愕然とする。

一撃必殺。林崎神明夢想流やタイ捨流とも一脈通じる武技である。日本の剣術が斬撃を本旨とするのに対してこの南蛮剣術は刺突を旨としているようだ。

実に鮮やかな手際である。相手を刺殺する際に、敵の間合いに入っているのは腕だけで、おのれの身体は遥か後方に残している。実に厄介だ。

この剣士を倒すには、まず、突き出されてきた剣をかわすか打ち払うかし、そのうえで相手の身体に肉薄して第二段の斬撃を放たねばならない。

いわば二度手間である。

しかし、この南蛮の天才剣士が二回もの失態を犯すとは思えない。剣を払われた時点で即座に後退するだろう。その際には、大きく後ろに残した軸足が素早い後退を可能にする。

しかも。その引き際にも剣を振るってくるに違いないのだ。向こうは二度の攻撃の機会があり、こちらは一度の機会しかない。まるっきりの不利である。

信十郎は鬼蜘蛛を呼んだ。

「鉄砲で討ち取ったらどうだ」

「あかんわ。あれを見てみぃ」

南蛮剣士の背後には火薬の袋が積んである。鉄砲の流れ弾が当たったら爆発するかもしれない。

忍びも倭寇も現実的な考え方をする人々である。特攻精神からはほど遠い。

明人倭寇がこの作戦に参加したのは、イスパニアの武器弾薬など、お宝を強奪するためである。日本の平和を守るために、お宝の弾薬と一緒に吹っ飛ぶつもりはさらさらない。

その点では信十郎も同感である。この一戦で菊池の忍び衆を全滅させるつもりはまったくなかった。

菊池の衆が矢を射かけた。すると南蛮剣士は緋色のマントをブワッと広げて矢を払った。どういう生地なのかはわからないが、弓矢も通用しないらしい。

——いたしかたなし。

信十郎は金剛盛高を腰帯に差し直し、南蛮剣士の正面に身を晒した。

「そなたらは下がっておれ」

菊池衆と倭寇に声をかける。彼らは素直に引き下がった。信十郎と南蛮剣士を取り巻いて大きな輪を作った。

南蛮剣士がニヤリと笑って何か、語りかけてきた。なんと言ったのかはわからない。だが、信十郎をこの一団の頭目だと見て取ったようではあった。

信十郎は左手で刀の鞘を摑み、鐔を押して鯉口を切った。腰を落として『居合腰』の抜刀体勢を取る。林崎神明夢想流の一撃で南蛮剣士を斬って捨てる構えだ。

南蛮剣士は顔の前で剣を立てた。彼らの流儀での『礼』であるようだ。つづいて剣を返して切っ先を信十郎に向けてきた。

「……ウムッ」

信十郎は唸った。実際に対してみて、初めてわかったのだが、想像していた以上に見当のつかない剣術だった。

まずもって間合いがぜんぜん摑めない。南蛮剣の切っ先はピタリと信十郎の利き目に向けられている。信十郎の視線からだと南蛮剣は、一つの点にしか見えないのだ。切っ先の向こうには鐔と剣を握った腕がある。剣がどれほどの長さなのかすら見て取れない。

南蛮剣士はスラリと美しい立ち姿で接近してくる。間合いを詰めてきているのはわかる。が、どの距離まで踏み込まれたら刺突をくらうのか、これまたよくわからない。

信十郎の目の前で切っ先がチラチラと小刻みに振られた。信十郎を幻惑し、かつ、焦燥させようという作戦だろう。

信十郎は剣の動きから間合いを読むことを諦めた。今度は膝頭に目を向けた。

南蛮剣士が刺突する際、まず膝から踏み出してくることはわかっている。膝の動きに注意を払ってさえいれば、余分な動きに惑わされる心配はない。

ヒュッと風切り音を立て、切っ先が繰り出されてきた。信十郎は後退して避けた。

着物の衿が切り裂かれる。信十郎が後退したのを追って、膝が力強く蹴り出されてきた。

信十郎は抜刀した。腰をひねって斬り上げる。金剛盛高の切っ先が円弧を描いて鞘から迸《ほとばし》り出た。

キインと鋭い金属音がした。信十郎は南蛮剣を切り払いつつ、一足飛びに踏み込んで、峰を返すと斬り落とした。南蛮剣士がサッと身を引く。金剛盛高の切っ先が虚しく宙を切る。その直後、信十郎は右肩に鋭い痛みを覚えた。

「うっ！」

南蛮剣が肩の肉を切り裂きながら抜けていった。

直後、南蛮剣士が踏み込んでくる。信十郎はからくも抜き合わせたが、右腕の皮肉をえぐられた。

南蛮剣士は休むことなくチョコチョコと切っ先を放ってくる。胸を数カ所、浅く斬られた。

二人はふたたび間合いを取った。南蛮剣士は無傷。信十郎はすでに数カ所、手傷を負っている。浅手ではあるが精神的には厳しい怪我だ。斬られるばかりで反撃の糸口すら摑めていない。

有利な戦いのなかでなら、気にならない程度の負傷だが、この状況では痛みも出血も身に堪える。

──かくなるうえは……。

信十郎は覚悟を固めた。

金剛盛高はすでに鞘に戻っている。再度の居合腰でジリジリと間合いを詰めていく。

南蛮剣士は相も変わらず小癪に構えていた。切っ先を揺らめかせながら信十郎を待ち構えている。

信十郎は一足に端境《はざかい》を踏み越えて、気合もろとも剣を抜いた。

南蛮剣士がサッと避ける。信十郎の斬撃はまたも空振りした。その直後、南蛮剣士の右足が電光のごとくに踏み出されてきた。

「うぐッ!!」

南蛮剣が信十郎の肩を貫く。切っ先が肉体を貫通して背中に抜けた。その瞬間、

「でやっ!」

信十郎は全身の筋肉に力を込めた。息んで血流量を増大させる。血を含んで一気に肥大した筋肉がガチガチに硬くなるほどに漲らせた。

これで南蛮剣をとめることができるかどうかはわからない。呆気なく引き抜かれ、とどめの一撃をくらうかもしれない。しかし信十郎に残された手段はこれしかなかった。全身の力をふりしぼり、刺さった剣を締めつけた。

南蛮剣士が顔色を変えた。南蛮剣の柄を握ったまま身動きできなくなっている。抜くことも刺すこともできないのだ。

「てぇいっ！」

信十郎は刀を斬り落とした。南蛮剣士の頭部にザックリと斬りつけた。

南蛮剣士が絶叫する。細身の身体をのけ反らせ、背後にグラッと半回転して倒れ込んだ。

何事か南蛮語で喚いている。自分の流した血溜まりの中でのたうちまわった。

信十郎もガックリと両膝をついた。

「信十郎ッ！」

鬼蜘蛛が駆け寄ってくる。腕を伸ばして信十郎を抱き留めた。

信十郎は火薬庫を指差した。

「今だ！　押さえろ！」

倭寇の剣士と忍び衆が突進する。南蛮剣士の背後で火薬を運んでいた水夫たちに襲いかかった。

水夫の中には武芸達者な者はいなかった。戦闘は短い時間で終わった。

「信十郎！　信十郎！」
鬼蜘蛛が遠くで泣き叫んでいる。——そんな声が聞こえてくる。
——相も変わらず、大げさなヤツだな……。
信十郎は薄れゆく意識の中で思った。
——大丈夫。急所は外れているさ。
鬼蜘蛛に答えたのか、自分自身に言い聞かせたのか。
鄭芝龍の配下には腕のよい明人医師もいる。おそらく、死ぬようなことにはなるまい。

三

翌朝——。
菊池ノ里に族長たちが呼び集められた。普段は加藤家の家臣として熊本城に出仕している者たちまでもが心配顔でやってきた。彼らが村に入って目撃したものは、曲者どもに焼き払われた菊池彦の館と、彼らに殺された村人を弔う葬列、火葬の煙であった。

菊池ノ里がこのような惨禍に見舞われたのは初めてのことである。太古からつづく名族としての誇りが踏みにじられる惨事であった。

大長老の岩室で長老たちが慌てふためいている。普段は威厳を取り繕ってか、必要なときですら口を開かぬ老人たちが口角泡を飛ばして叫び、罵《のの》り合っていた。

彼らが一様に知りたがっていたことは、なにゆえこのような事態に至ったのか、また、菊池ノ里を襲わせたのは誰なのか、ということである。

大津彦は――、ひとり黙然と目を閉じ、口を閉ざしている。いつもなら真っ先に発言する彼だが、このときばかりは黙り込み、他の長老たちが騒ぎ立てる様を黙って見守っていた。

『菊池ノ里が襲われた』という現実を、彼ら、頑迷固陋な老人たちにいやというほど思い知らせてやらねばならない。そのうえで、議論をおのれの念じる方向に引っ張っていかねばならなかった。

これに失敗すれば大津彦自身の命が危うい。襲撃の手引きをしたのは娘の奏なのだ。この事実が知られて広がるより先に、責任を誰かに押しつけねばならなかった。

議論――とも言えぬ怒鳴り合いが一段落して、長老たちが疲労困憊したのを見て取った大津彦は、やおら、口を開いた。

「よろしいか」

長老たちが大津彦に目を向けた。

「わしの手の者の調べたところによると、あの曲者どもの正体は、西郷ノお局様の手の者どもである――とのことじゃ」

「なんじゃと⁉」

長老たちは白髭を揺らして驚愕した。

無理もない。徳川二代将軍・秀忠の生母、西郷局（宝台院）は、菊池一族の出世頭で希望の星でもある。その御局様自らが菊池一族の本貫地に曲者を放ち、菊池一族宗家の館に火を放つとは、とうてい信じがたかった。

「いい加減なことを申すな、大津彦！」

「いい加減なこと――ではない。西郷ノお局様は我ら西郷一族から出た御方ぞ。いい加減な当て推量で物申せるはずがなかろうが」

西郷一族の宗家を自認する大津彦の発言であるからこそ信憑性がある――はずだ。

大津彦はつづけた。

「西郷ノお局様は、我ら一族に歯向かってきたのではござらぬ。その旨、皆も含みおきいただきたい」

「じゃが！　里を襲い、菊池彦様の館を焼き払わせたのは事実ぞ！」

大津彦は口をへの字に曲げて押し黙った。

長老連も引き込まれるように黙り込み、大津彦の口元を見つめた。

大津彦は、たっぷり焦らし抜いたあとで、やおら、口を開いた。

「西郷ノお局様が襲わせたは、菊池ノ里に非ず」

「では、なんぞ」

「キリとか申す、服部家の姫でござる」

大津彦は、キリと宝台院の暗闘のすべてを語って聞かせた。キリが宝台院を裏切り、こともあろうに秀忠と家光親子の命を付け狙ったことなどなど、衝撃的な真実の数々だ。

「揣摩臆測《しまおくそく》ではござらぬ。これすべて真《まこと》の話にござる。お疑いなら各々、ご配下の忍びを遣わして、お調べくだされ」

長老たちはあまりの衝撃に声も出ない――と思ったら今度は一転、喧々諤々、怒鳴り合いを始めた。

「菊池彦様は、なにゆえそのような娘を妻に娶られたのか！」

「これでは我ら菊池一族、徳川家に敵対したと疑われてもいたしかたなし！」

「服部半蔵家の姫など匿っては、加藤の殿様までもが御公儀に白い目を向けられようぞ！」

大津彦は白い目で大長老を見上げている。その大長老は黙したまま語らない。長く伸びた白い眉毛の下で、瞼をじっと閉じていた。

衝撃が波のように長老会に広がって、寄せては返し、一段落ついたところで、大津彦はふたたびやおら、口を開いた。

「あの菊池彦様とキリを、我らの首領と担ぎ上げていてもよいものかどうか。ここは思案のしどころでござるぞ」

長老たちも頷かざるをえない。すでに里は襲われ、老人たちや女子供が殺された。このような襲撃が何度も繰り返されたら、相手は徳川将軍家だ、菊池一族とていつまでも持ちこたえられない。

「いかがでござろうな、皆の衆」

大津彦は、大長老に目を据えながら、決断を促した。

四

信十郎は鄭芝龍の館で療養に努めていた。更紗の天蓋で覆われた寝台に横たわっている。

「どげんしたことであろうな」

信十郎の寝室の外で、鄭芝龍が小声で鬼蜘蛛に訊ねた。

「菊池の忍びたちが一斉に引き上げよったばい。イスパニアから奪った宝貝《パオペイ》を分けてやる、と言うたのじゃが『いらぬ』とば答えよる。皆一様に険しか顔つきばい」

菊池の衆の異変は鬼蜘蛛も肌身に染みて感じている。鬼蜘蛛に対してもよそよそしく、白けた顔を向けてきた。

里から何かの指示が送られてきたのに違いない。鬼蜘蛛も信十郎も、いわゆる『村八分』の状況に置かれていたのだ。

「そのことやけどな、信十郎には、まだ何も知らせんでやって欲しいのや」

「言われるまでもなか」

二人は悄然として階を下り、下の居館に向かった。

その居館がなにやら騒々しい。客が来ているようだ。

「鬼蜘蛛兄ちゃん!」

ミヨシが鬼蜘蛛を見つけて、悲痛な叫びを張りあげた。

その背後には浮かない表情のキリもいる。

二人とも旅装束だ。鬼蜘蛛はとくにキリの表情が気になった。いつも無表情で『つまらなそう』な顔をしている女なのだが、今日の無表情はまた一段と深刻である。よほどの大事が出来したのだ——と、無神経な鬼蜘蛛でも推察できた。

だが、キリに訊ねても素直に答えはしまい。鬼蜘蛛はミヨシを呼び寄せた。

「いったい……、何があったんや⁉」

二人は里を追い出されてきたらしい。

そのことと、菊池ノ衆の不可解な行動には、当然に繋《つな》がりがあるはずだった。

五

桜田堀の番小屋に、ひとり、お江与が座っている。

この年。徳川幕府はイスパニアとの断交を正式に決定した。

日本における橋頭堡を失い、明人倭寇の海軍力に圧倒されたイスパニアは、ついに、日本近海から姿を消した。

幕府は外交と貿易を、明国とオランダとに専従させる決断を下す。と同時に、日本国内のキリシタンたちをよりいっそう厳しく取締るよう命を下した。

お江与はしばらく無言で、祭壇を見上げていた。

金箔の押されたデウス像がお江与を無言で見下ろしている。

お江与は「フッ」と、蠟燭を吹き消して出ていった。

時代小説
二見時代小説文庫

神算鬼謀《しんさんきぼう》　天下御免《てんかごめん》の信十郎《しんじゅうろう》5

著者　幡《ばん》　大介《だいすけ》

発行所　株式会社　二見書房
東京都千代田区三崎町二－一八－一一
電話　〇三－三五一五－二三一一［営業］
〇三－三五一五－二三一三［編集］
振替　〇〇一七〇－四－二六三九
印刷　株式会社　堀内印刷所
製本　ナショナル製本協同組合

 ISBN978－4－576－09155－6
http://www.futami.co.jp/

快刀乱麻 天下御免の信十郎1
幡大介［著］
二代将軍秀忠の世、秀吉の遺児にして加藤清正の猶子、波芝信十郎の必殺剣が擾乱の策謀を断つ！雄大な構想、痛快無比！火の国から凄い男が江戸にやってきた！

獅子奮迅 天下御免の信十郎2
幡大介［著］
将軍秀忠の「御免状」を懐に秀吉の遺児・信十郎は、越前宰相忠直が布陣する関ヶ原に向かった。雄大で痛快な展開に早くも話題沸騰 大型新人の第2弾！

刀光剣影 天下御免の信十郎3
幡大介［著］
玄界灘、御座船上の激闘。山形五十七万石崩壊を企む伊達忍軍との壮絶な戦い。名門出の素浪人剣士・波芝信十郎が天下大乱の策謀を阻む痛快無比の第3弾！

豪刀一閃 天下御免の信十郎4
幡大介［著］
三代将軍宣下のため上洛の途についた将軍父子の命を狙う策謀。信十郎は柳生十兵衛らとともに御所忍び八部衆の度重なる襲撃に、豪剣を持って立ち向かう！

神算鬼謀 天下御免の信十郎5
幡大介［著］
肥後で何かが起こっている。秀吉の遺児にして加藤清正の養子・波芝信十郎らは帰郷。驚天動地の大事件を企むイスパニアの宣教師に挑む！ 痛快無比の第5弾！

進之介密命剣 忘れ草秘剣帖1
森詠［著］
開港前夜の横浜村近くの浜に、瀕死の若侍を乗せた小舟が打ち上げられた。回線問屋の娘らの介抱で傷は癒えたが記憶の戻らぬ若侍に迫りくる謎の刺客たち！

流れ星 忘れ草秘剣帖2
森詠［著］
父は薩摩藩の江戸留守居役、母、弟妹と共に殺されていた。いったい何が起こったのか？ 記憶を失った若侍に明かされる驚愕の過去！ 大河時代小説第2弾！

二見時代小説文庫

山峡の城　無茶の勘兵衛日月録

浅黄 斑［著］

藩財政を巡る暗闘に翻弄されながらも毅然と生きる父と息子の姿を描く著者渾身の感動的な力作！本格ミステリ作家が長編時代小説を書き下ろし

火蛾《かが》の舞　無茶の勘兵衛日月録2

浅黄 斑［著］

越前大野藩で文武両道に頭角を現わし、主君御供番として江戸へ旅立つ勘兵衛だが、江戸での秘命は暗殺だった……。人気シリーズの書き下ろし第2弾！

残月の剣　無茶の勘兵衛日月録3

浅黄 斑［著］

浅草の辻で行き倒れの老剣客を助けた「無茶勘」こと落合勘兵衛は、凄絶な藩主後継争いの死闘に巻き込まれていく……。好評の渾身書き下ろし第3弾！

冥暗の辻　無茶の勘兵衛日月録4

浅黄 斑［著］

深傷を負い床に臥した勘兵衛。彼の親友の伊波利三は、ある諫言から謹慎処分を受ける身に。暗雲が二人を包み、それはやがて藩全体に広がろうとしていた。

刺客の爪　無茶の勘兵衛日月録5

浅黄 斑［著］

邪悪の潮流は越前大野から江戸、大和郡山藩に及び、苦悩する落合勘兵衛を打ちのめすかのように更に悲報が舞い込んだ。大河ビルドンクス・ロマン第5弾

陰謀の径《みち》　無茶の勘兵衛日月録6

浅黄 斑［著］

次期大野藩主への贈り物の秘薬に疑惑を持った江戸留守居役松田と勘兵衛はその背景を探る内、迷路の如く張り巡らされた謀略の渦に呑み込まれてゆく……

報復の峠　無茶の勘兵衛日月録7

浅黄 斑［著］

越前大野藩に迫る大老酒井忠清を核とする高田藩と福井藩の陰謀、そして勘兵衛を狙う父と子の復讐の刃！正統派教養小説の旗手が贈る激動と感動の第7弾！

水妖伝 御庭番宰領

大久保智弘［著］

信州弓月藩の元剣術指南役で無外流の達人鵜飼兵馬を狙う妖剣！ 連続する斬殺体と陰謀の真相は？ 時代小説大賞の本格派作家、渾身の書き下ろし

孤剣、闇を翔ける 御庭番宰領

大久保智弘［著］

時代小説大賞作家による好評「御庭番宰領」シリーズ、その波瀾万丈の先駆作品。無外流の達人鵜飼兵馬は公儀御庭番の宰領として信州への遠国御用に旅立つ。

吉原宵心中 御庭番宰領3

大久保智弘［著］

無外流の達人鵜飼兵馬は吉原田圃で十六歳の振袖新造・薄紅を助けた。異様な事件の発端となるとも知らずに……ますます快調の御庭番宰領シリーズ第3弾

秘花伝 御庭番宰領4

大久保智弘［著］

身許不明の武士の惨殺体と微笑した美女の死体。二つの事件が無外流の達人鵜飼兵馬を危地に誘う…。時代小説大賞作家が圧倒的な迫力で権力の悪を描き切った傑作！

仕官の酒 とっくり官兵衛酔夢剣

井川香四郎［著］

酒には弱いが悪には滅法強い！ 藩が取り潰され浪人となった官兵衛は、仕官の口を探そうと亡妻の忘れ形見・信之助と江戸に来たが…。新シリーズ

ちぎれ雲 とっくり官兵衛酔夢剣2

井川香四郎［著］

江戸にて亡妻の忘れ形見の信之助と、仕官の口を探し歩く徳山官兵衛。そんな折、吉良上野介の家臣と名乗る武士が、官兵衛に声をかけてきたが……。

斬らぬ武士道 とっくり官兵衛酔夢剣3

井川香四郎［著］

仕官を願う素浪人に旨い話が舞い込んだ—奥州岩鞍藩に、藩主の毒味役として仮仕官した伊予浪人の徳山官兵衛。だが、初めて臨んだ夕餉には毒が盛られていた。

初秋の剣 大江戸定年組
風野真知雄［著］

現役を退いても、人は生きていかねばならない。人生の残り火を燃やす元・同心、旗本、町人の旧友三人組が厄介事解決に乗り出す。市井小説の新境地！

菩薩の船 大江戸定年組2
風野真知雄［著］

体はまだつづく。やり残したことはまだまだある。引退してなお意気軒昂な三人の男を次々と怪事件が待ち受ける。時代小説の実力派が放つ第2弾！

起死の矢 大江戸定年組3
風野真知雄［著］

若いつもりの三人組のひとりが、突然の病で体の自由を失った。意気消沈した友の起死回生と江戸の怪事件解決をめざして、仲間たちの奮闘が始まった。

下郎の月 大江戸定年組4
風野真知雄［著］

隠居したものの三人組の毎日は内に外に多事多難。静かな日々は訪れそうもない。人生の余力を振り絞って難事件にたちむかう男たち。好評第4弾！

金狐の首 大江戸定年組5
風野真知雄［著］

隠居三人組に奇妙な相談を持ちかけてきた女は、大奥の秘密を抱いて宿下がりしてきたのか。女の家を窺う怪しげな影。不気味な疑惑に三人組は…。待望の第5弾

善鬼の面 大江戸定年組6
風野真知雄［著］

能面を被ったまま町を歩くときも取らないという小間物屋の若旦那。その面は、「善鬼の面」という逸品らしい。奇妙な行動の理由を探りはじめた隠居三人組は…

神奥《しんおう》の山 大江戸定年組7
風野真知雄［著］

隠居した旧友三人組の「よろず相談」には、いまだ解けぬ謎があった。岡っ引きの鮫蔵を刺したのは誰か？その謎に意外な男が浮かんだ。シリーズ第7弾！

逃がし屋 もぐら弦斎手控帳
楠木誠一郎［著］
隠密であった記憶を失い、長屋で手習いを教える弦斎。旧友の捜査日誌を見つけたことから禍々しい事件に巻き込まれてゆく。歴史ミステリーの俊英が放つ時代小説

ふたり写楽 もぐら弦斎手控帳2
楠木誠一郎［著］
手習いの師匠・弦斎が住む長屋の大家が東洲斎写楽の浮世絵を手に入れた。だが、落款が違っている。版元の主人・蔦屋重三郎が打ち明けた驚くべき秘密とは…

刺客の海 もぐら弦斎手控帳3
楠木誠一郎［著］
弦斎の養女で赤ん坊のお春が拐かされた！　娘を救うべく単身、人足寄場に潜り込んだ弦斎を執拗に襲う刺客！　そこには、彼の出生の秘密が隠されていた！

栄次郎江戸暦 浮世唄三味線侍
小杉健治［著］
吉川英治賞作家の書き下ろし連作長編小説。田宮流抜刀術の名手矢内栄次郎は部屋住の身ながら三味線の名手。栄次郎が巻き込まれる四つの謎と四つの事件。

間合い 栄次郎江戸暦2
小杉健治［著］
敵との間合い、家族、自身の欲との間合い。一つの印籠から始まる藩主交代に絡む陰謀。栄次郎を襲う凶刃の嵐。権力と野望の葛藤を描く渾身の傑作長編。

見切り 栄次郎江戸暦3
小杉健治［著］
剣を抜く前に相手を見切る。誤てば死―何者かに襲われた栄次郎！　彼らは何者なのか？　なぜ、自分を狙うのか？　武士の野望と権力のあり方を鋭く描く会心作！

残心 栄次郎江戸暦4
小杉健治［著］
吉川英治賞作家が〝愛欲〟という大胆テーマに挑んだ！美しい新内流しの唄が連続殺人を呼ぶ…抜刀術の達人で三味線の名手栄次郎が落ちた性の無間地獄

暗闇坂 五城組裏三家秘帖
武田櫂太郎［著］

雪の朝、災厄は二人の死者によってもたらされた。伊達家六十二万石の根幹を蝕む黒い顎が今、口を開きはじめた。若き剣士・望月彦四郎が奔る！

月下の剣客 五城組裏三家秘帖2
武田櫂太郎［著］

〈生類憐みの令〉の下、犬が斬殺された。現場に残された崑崙山の根付――それは、仙台藩探索方五城組の印だった。伊達家仙台藩に芽生える新たな危機！

憤怒の剣 目安番こって牛征史郎
早見 俊［著］

直参旗本千石の次男坊に将軍家重の側近・大岡忠光から密命が下された。六尺三十貫の巨躯に優しい目の快男児・花輪征史郎の胸のすくような大活躍！

誓いの酒 目安番こって牛征史郎2
早見 俊［著］

大岡忠光から再び密命が下った。将軍家重の次女が輿入れする喜多方藩に御家騒動の恐れとの投書の真偽を確かめよという。征史郎は投書した両替商に出向くが…

虚飾の舞 目安番こって牛征史郎3
早見 俊［著］

目安箱に不気味な投書。江戸城に勅使を迎える日、忠臣蔵以上の何かが起きる―将軍家重に迫る刺客！征史郎の剣と兄の目付・征一郎の頭脳が策謀を断つ！

雷剣の都 目安番こって牛征史郎4
早見 俊［著］

京都所司代が怪死した。真相を探るべく京に上った目安番・花輪征史郎の前に驚愕の光景が展開される…。大兵豪腕の若き剣士が秘刀で将軍呪殺の謀略を断つ！

父子の剣 目安番こって牛征史郎5
早見 俊［著］

将軍の側近が毒殺された！ 居合わせた征史郎に嫌疑がかけられる！ この窮地を抜けられるか？ 元隠密廻り同心と倅の若き同心が江戸の悪に立ち向かう！

木《こ》の葉《は》侍　口入れ屋 人道楽帖《ひとどうらく》
花家圭太郎［著］

腕自慢だが一文なしの行き倒れ武士が、口入れ屋に拾われた。江戸で生きるにゃ金がいる。慣れぬ仕事に精を出すが……。名手が贈る感涙の新シリーズ！

密 謀　十兵衛非情剣
江宮隆之［著］

近江の鉄砲鍛冶の村全滅に潜む幕府転覆の陰謀。柳生三厳の秘孫・十兵衛は、死地を脱すべく秘剣をふるう。気鋭が満を持して世に問う、冒険時代小説の白眉。

影法師　柳橋の弥平次捕物噺
藤井邦夫［著］

南町奉行所吟味与力秋山久蔵と北町奉行所臨時廻り同心白縫半兵衛の御用を務める岡っ引、柳橋の弥平次の人情裁き！　気鋭が放つ書き下ろし新シリーズ

祝い酒　柳橋の弥平次捕物噺2
藤井邦夫［著］

岡っ引の弥平次が主をつとめる船宿に、父を探して年端もいかぬ男の子が訪ねてきた。だが、子が父と呼ぶ直助はすでに、探索中に憤死していた……。

宿無し　柳橋の弥平次捕物噺3
藤井邦夫［著］

南町奉行所の与力秋山久蔵の御用を務める岡っ引の弥平次は、左腕に三分二筋の入墨のある行き倒れの女を助けたが……。江戸人情の人気シリーズ第3弾！

道連れ　柳橋の弥平次捕物噺4
藤井邦夫［著］

諏訪町の油問屋が一家皆殺しのうえ金蔵を破られた。湯島天神で絵を描いて商う老夫婦の秘められた過去に弥平次の嗅覚が鋭くうずく。好評シリーズ第4弾！

夏椿咲く つなぎの時蔵覚書

松乃藍［著］

父は娘をいたわり、娘は父を思いやる。秋津藩の藩金不正疑惑の裏に隠された意外な真相！鬼才半村良に師事した女流が時代小説を書き下ろし

桜吹雪く剣 つなぎの時蔵覚書2

松乃藍［著］

藩内の内紛に巻き込まれ、故郷を捨て名を改め、江戸にて貸本屋を商う時蔵。春…桜咲き誇る中、届けられた一通の文が、二十一年前の悪夢をよみがえらせる…

蓮花の散る つなぎの時蔵覚書3

松乃藍［著］

悲劇の始まりは鬼役の死であった。二転三転する事件の悲劇と真相……。行き着く果てに何が待っているのか？俊英女流が満を持して放つ力作長編500枚！

誇《ほこり》 毘沙《びしゃ》侍 降魔《ごうま》剣1

牧秀彦［著］

奉行所も火盗改も裁けぬ悪に泣く人々の願いを受け竜崎沙王ひきいる浪人集団〝兜跋組〟の男たちが邪滅の豪剣を振るう！荒々しい男のロマン瞠目の新シリーズ！

母《はは》 毘沙侍 降魔剣2

牧秀彦［著］

吉原名代の紫太夫が孕んだ。このままでは母子ともに苦界に身を沈めてしまう。元弘前藩士で兜跋組の頭・竜崎沙王は、実の妹母子のため剣をとる！第2弾

男《おとこ》 毘沙侍 降魔剣3

牧秀彦［著］

江戸四宿が、悪党軍団に占拠された。訳あって江戸四宿のそれぞれに向かった〝兜跋組〟四天王は単身、乗っ取り事件の真っ只中に。はたして生き延びられるか？

日本橋物語　蜻蛉屋お瑛

森 真沙子［著］

この世には愛情だけではどうにもならぬ事がある。土一升金一升の日本橋で店を張る美人女将が遭遇する六つの謎と事件の行方……心にしみる本格時代小説

迷い蛍　日本橋物語2

森 真沙子［著］

御政道批判の罪で捕縛された幼馴染みを救うべく蜻蛉屋の美人女将お瑛の奔走が始まった。美しい江戸の四季を背景に人の情と絆を細やかな筆致で描く第2弾

まどい花　日本橋物語3

森 真沙子［著］

〝わかっていても別れられない〟女と男のどうしようもない関係が事件を起こす。美人女将お瑛を捲き込む新たな難題と謎…。豊かな叙情と推理で描く第3弾

秘め事　日本橋物語4

森 真沙子［著］

人の最期を看取る。それを生業とする老女瀧川の告白を聞き、蜻蛉屋女将お瑛の悪夢の日々が始まった…なぜ瀧川は掟を破り、触れてはならぬ秘密を話したのか？

旅立ちの鐘　日本橋物語5

森 真沙子［著］

喜びの鐘、哀しみの鐘、そして祈りの鐘。重荷を背負って生きる蜻蛉屋お瑛に春遠き事件の数々…。円熟の筆致で描く出会いと別れの秀作！叙情サスペンス第5弾

遊里ノ戦《いくさ》　新宿武士道1

吉田 雄亮［著］

宿駅・内藤新宿の治安を守るべく微禄に甘んじていた伊賀百人組の手練たちが「仕切衆」となって悪を討つ！宿場を「城」に見立てる七人のサムライたち！